마흔되기
전에

알았으면
좋았을
것들

마흔되기 전에 알았으면 좋았을 것들

오늘도 흔들리는
나의 마흔에게

우희경 조동임 황소영
이용화 유정미 지음

 프로방스

"궁금하신 내용, 방향성을 찾아 드립니다"

한창 세상에 대한 호기심이 많았던 20대. 첫 해외여행으로 유럽에 갔다. 그때는 지금처럼 구글 지도가 없을 때였다. 지도를 들고, 두꺼운 안내 책을 보며 여행지를 찾아다녔다. 여행 정보도 많지 않을 때라 생각지도 못한 방향으로 들어와 갈 길을 잃어버리기도 했다. 왔던 길로 다시 돌아가는 경우도 많았다. 이렇게 초행길은 늘 어렵다. 헤매기도 하고, 되돌아가기도 한다.

우리 삶도 여행과 같다. 한 스텝 한 스텝. 나이에 맞게 삶의 사다리를 올라가다 보면 예기치 않은 일에 부딪힌다. 나이가 들고 경험치가 많아지면 평화가 찾아올까? 삶이 던지는 모든 문제에서 벗어나 자유로워 질 수 있을까? 현실은 그렇지 못하다. 오히려 더 다양한 문제를 맞닥뜨리게 된다. 특히 인생 중반은 가정 문제, 자녀 문제, 직장 문제, 미래 준비 등 고민하고 해결해야 할 일이 많다. 나이를 먹는 만큼 짊어지고 가야 할 책임의 무게도 같이 무거워진다.

인생에 정답은 없다지만, 매번 쏟아지는 질문지에 나는 어떤 답을 골라야 할까? 학교처럼 선생님이 있어, 매번 찾아가 물어볼 수도 없는 노릇인데 말이다. 이제는 스스로 겪어내고, 몸으로 부딪치면서 아파하며 배워 갈 수밖에 없다. 그렇다고 모든 것을 맨땅부터 배우고 익히기엔 시행착오를 거쳐야 할 확률도 높고, 마음은 상처투성이가 될 것이다.

처음 가는 길에서 헤매고 있을 때, 먼저 그 길을 가 본 사람의 조언을 해 주면 어떨까? 우선, 마음이 가볍다. 덜 헤매며 목적지에 도착할 수 있다. 인생 중반부라는 다리를 건널 준비를 하며, 혼란스럽고 답답해하는 분들을 많이 봤다. 그런 독자들을 위해 먼저 그 길을 걸어 본 사람들을 한자리에 모았다.

공저자분들을 모아 놓고, 더 성숙한 어른이 되기 위해 고군분투하는 분들을 위해 어떤 것을 알려주면 좋을까 많이 고민했다. 결국 여러 번의 회의와 의견 조율을 거쳐 인생 중반부 가장 고민이 많은 다섯 가지 파트로 추렸다.

첫 번째는 부부 문제다. 사랑 하나로 시작한 부부 역시 10년 차 넘어가면 갈등이 생기기 시작한다. 이때부터는 사랑만 먹고 사는 관계가 아닌, 신뢰와 미래의 동반자로 살아가기 위한 서로의 배려가 필요한 단계이기 때문이다. 10년 차 이상의 부부들이 겪는 문제와 그 해결책을 제시함으로써 그들의 목마름을 해소시켜 주고자 했다.

두 번째는 자녀 문제다. 보통 아이들이 사춘기 시기에 접어들기 시작하면, 신생아를 키울 때처럼 부모의 고민도 커진다. 감정 기복이 심한 아이들을 어떻게 바라보고 양육해야 하는지 그에 대한 솔루션을 제시했다.

세 번째는 직장 문제다. 직장생활에서 가장 고민이 많은 사람은 중간 관리자다. 한 번쯤 이직이나 이른 퇴사도 생각하게 된다. 회사의 리더 역할도 해야 한다. 그런 분들을 위해 직장에서 벌어지는 문제를 어떻게 바라보고 현명하게 대처할 것인가에 대해 다루었다.

네 번째는 사회생활이다. 인생 중반이 되면, 회사-가정이라는 단순한 관계를 넘어 소속된 단체가 생기고, 활동 영역도 넓어진다. 그 속에서 갈등도 생긴다. 사회생활을 하며 벌어질 수 있는 문제와 그에 대한 대처법에 대해 알려준다.

마지막은 미래 준비다. 사기업 평균 정년 49세. 직업의 수명보다 인간의 수명이 길어졌다. 퇴직 후, 40~50년은 더 살아야 한다.

조직에 몸담은 상태에서 어떻게 잃어버린 나의 정체성을 찾고, 미래를 준비할 것인가에 대한 방향성을 찾도록 도와준다.

위의 다섯 가지 문제는 인생 중반부를 건너면서 꼭 한 번쯤은 고민하게 된다. 이 책을 쓴 다섯 명의 저자들이 각자 분야에서 쌓아왔던 경험과 지식을 토대로 독자들의 고민을 덜어 주기 위해 아낌없이 그동안의 노하우를 풀었다.

나에게 주어지는 문제로 머리 아플 때, 어떻게 해야 할지 갈피를 찾지 못할 때, 내게 주어진 문제를 누군가에게 물어보지 못할 때. 이 책으로 원했던 답을 찾아가길 바란다. 부디 이 책이 독자 분들에게 망망대해를 떠다니는 배들에게 길잡이가 되어주는 등대가 되길. 이제, 홀가분해 질 여러분의 미래를 맞이할 차례다.

2024년 7월
우희경

contents

제 3 장   슬기로운 직장생활,
          이것만 알아도 롱런할 수 있다   (이 용 화)

제 1 장

가화만사성의 기본은
부부관계다

조 동 임

먹통 부부, 우리 이제
소통 좀 하며 삽시다

인간관계에 있어 중요한 것 중 하나가 소통 아닐까? 바람직한 관계를 만들고 신뢰를 쌓기 위해 우리는 매 순간 소통하며 살고 있다. SNS의 발달로 다양한 사람들과 소통하는 세상이 되었다. 덕분에 눈을 보며 이야기하지 않아도 소통에는 무리가 없는 환경이 된 셈이다. 얼굴 한번 보지 못했어도 소통하는 데 문제 될 것이 없다. 대면으로 만나든, 온라인으로 만나든 인간관계는 소통으로 이루어진다 해도 과언이 아니다.

소통의 사전적 의미는 '막히지 아니하고 잘 통함. 뜻이 서로 통하여 오해가 없음'이다. 뜻에서 알 수 있듯 소통은 서로 통하는 것.

다시 말해 한 방향이 아닌, 양방향 과정이다. 내 생각을 전달하는 것만으로는 소통이라 할 수 없다. 이러한 이유로 소통에 있어서 먼저 수행되어야 할 것이 있다. 상대방의 뜻에 귀 기울여 주는 것. 나의 뜻을 전달하기에 앞서 상대방의 뜻에 공감해 주는 것이 먼저이다. 화자의 역할보다 청자의 역할이 더 중요하다고 볼 수 있다.

다양한 인간관계에서도 가장 중요한 것이 소통인데 부부관계에서는 어떠할까? 두말하면 잔소리다. 오랜 시간 함께 살아온 부부라 해도 소통이 없다면 서로의 마음을 알 수 없다. 서로의 마음을 알기 위해서는 대화가 필요하다. 나의 마음을 가장 빨리 표현하는 방법이 대화이다. 대화를 매개로 소통하면 갈등이 풀어지는 경험을 할 수 있다. 실제로 갈등을 겪고 있는 부부의 문제는 대부분 소통의 부재에서 온다. 상대방의 이야기에 관심 두지 않고 귀를 막아버린다면 갈등의 골은 깊어져 간다. 반대로 상대방의 이야기를 귀담아듣는다면 갈등이 풀어지기도 한다.

여기에서 중요한 것이 청자의 모습이다. 배우자의 말을 경청해야 하는 것이다. 부부의 소통에는 청자의 역할이 가장 중요하다. 어떤 말을 해야 할지 화자의 관점에서 고민하지 말자. 배우자의 말을 잘 들을 수 있는 청자의 관점에서 고민해 보자. 나 혼자 떠드는 소통이 아닌, 들어주는 소통을 해보자. 오해 없는 소통은 건강한 부부관계의 시작이다.

배우자의 말에 경청하며 인정해 주는 태도 역시 중요하다. 시시비비를 따지려 하지 말고 그대로를 인정해야 한다. 나에게 이야기하고 있는 배우자는 옳고 그름을 따져주길 바라는 것이 아니다. 나의 이야기에 공감하고 격려해 주기만을 바랄 뿐이다. 칭찬도 필요 없다. 그저 인정해 주며 고개를 끄덕이면 된다. 내가 배우자의 이야기를 존중해 준다면 공격적인 말을 할 사람은 없다. 나의 이야기를 잘 들어주고 격려를 아끼지 않는 배우자에게 화를 낼 사람은 없지 않은가? 대화를 이어가다 보면 배우자가 나와 다른 생각을 가진 경우도 많다. 그럴 때 무시하는 말을 해서는 안 된다. 아이를 키울 때도 공감과 인정의 말이 중요하다고 한다. 부부 역시 마찬가지이다. 그대로를 인정해 주는 대화. 상대방의 이야기와 마음에 공감하는 태도. 듣는 태도만 고쳐도 부부관계는 훨씬 좋아진다.

부부는 서로 다른 성향, 성격, 가치관을 가지고 30여 년 따로 살았던 남자와 여자가 만나 가정을 꾸려가는 공동체다. 어떻게 보면 추상적인 감정의 하나인 '사랑'에 확신하고 서로를 선택했다. 함께라는 이유 하나만으로 세상은 반짝반짝 빛이 났다. 이 남자(여자)와 함께라면 두려워할 것이 없을 거라는 생각으로 결혼을 선택했을 것이다. 배우자가 항상 나의 이야기를 들어주는 완벽한 나의 편이라 믿었을 것이다.

결혼 생활이 시작된 후, 어느 순간 대화가 되지 않는다. 연애 시절, 시간 가는 줄 모르고 대화하던 연인이 결혼 후 소통이 되지 않는다고 호소하는 부부가 많다. 연애 시절과는 다른 일상이 펼쳐지기 때문이다. 밤새도록 전화기를 들고 이야기를 나누었던 연애 시절의 모습은 온데간데없이 사라졌다. 어떤 주제로 이야기해야 하는 건지 어렵기만 하다. 갈등이 생기면 입을 닫고 회피하기에 바쁘다. 계속되는 아내의 말에 남편은 귀를 닫고 침묵한다. 침묵이 갈등 해결의 방법이라 생각하지만, 침묵은 소통의 방식이 아니다. 침묵은 싸움의 방식이다.

대화가 단절되고 소통이 되지 않는다면 불행한 결혼 생활로 빠질 확률이 높아진다. 실제로 재혼 전문 결혼정보 회사에서 진행한 설문조사를 보면 소통 문제로 이혼하는 부부가 많다는 결과가 있다. 반대로 말하자면, 부부간의 소통만 제대로 이루어진다면 이혼을 막을 수 있다는 이야기이다. '침묵은 금'이라는 말은 부부관계에 해당하지 않음을 기억하면 좋겠다.

말이 가지고 있는 힘은 대단하다. 말 한마디로 사람을 살릴 수도, 죽일 수도 있다 하지 않는가? 부부라 해도 서로가 무엇을 원하는지 정확히 알 수는 없다. 이러한 이유로 대화, 소통이 필요한 것이다.

　나는 대화라 생각하지만, 상대방은 잔소리라고 생각하는 경우가 자주 있다. 그 이유는 차분하게 내 생각을 전달하는 대화가 아닌, 소리를 지르거나 듣기 싫은 말을 반복하기 때문이다. 반복되는 말은 상대방을 지치게 만든다. 대화하고 싶은 마음이 달아나는 것이다. 서로를 피하게 되고 더 이상의 소통은 이루어지지 않게 된다. 한집에 살면서 소통 없는 부부로 지내는 것은 서로에게 고통이다. 앞서 이야기했듯 부부관계에서 가장 중요한 것이 소통이다. 말이 잘 통하는 사람을 만나면 즐겁다. 계속 이야기를 나누고 싶고, 함께 하고 싶다는 생각이 든다. 부부는 서로에게 이런 사람이 되어주어야 한다. 말이 통하는 사람. 소통이 잘 되는 사람. 서로에게 이런 사람이 되어준다면 바람직한 부부관계를 유지할 수 있으리라 확신한다.

　'부부' 그 어떠한 관계보다 친밀한 관계이다. 친밀한 관계일수록 소통은 더 쉬워진다. 말주변이 없어 실수한다 해도 충분히 웃어넘길 수 있는 관계이다. 화려한 말솜씨가 없어도 상관없다. 소통은 화려한 말솜씨와 같은 기술이 아닌, 상대방을 생각하는 마음에서 시작된다. 내 마음을 잘 전달하는 화자이면서 상대방의 말을 잘 들어줄 수 있는 청자면 된다. 서로를 존중하고 이해하는 마음으로 소통한다면 건강한 부부관계를 유지할 수 있을 것이다.

2

독립된 개체가
함께 사는 것이 부부다

부부는 일심동체라는 말이 있다. 말 그대로 해석하면 부부는 한마음에 한 몸이라는 뜻이다. 모든 것을 공유하고 함께 나누는 것이 부부일까? 이것이 과연 가능한 일일까? 부부이기 전에 남자와 여자이며 완벽하게 다른 독립된 개체이다. 각자 다른 기질과 성향을 가지고 태어났으며 자라온 환경 또한 다르다. 이렇게 너무나도 다른 두 사람이 부부라는 이름으로 만났다. 부부라는 이름 하나를 얻었다고 해서 다른 개체가 갑자기 한마음 한 몸이 될 수는 없다. 사람은 누구나 독립된 인격체이며 가치관과 성격을 존중받을 권리가 있다. 나의 가치관을 부부라는 이유로 포기하며 살아야 한다면 불행한 부부 생활의 시작이 될 것이다.

그렇다면 부부는 일심동체라는 말을 어떻게 해석하는 것이 현명한 것일까? 한 마음에 한 몸이라는 말로 서로 똑같아지기를 바라지는 말아야 한다. 서로 다름을 인정하자는 말이다. 서로의 다른 점을 조화롭게 하여 새로운 관계, 부부로서 발전하면 된다. 부부라는 관계는 서로 다른 두 사람이 다름을 인정하며 조화를 이루어 가야 하는 관계이다.

나와 다른 사람임을 인정하지 못하고 내 방식대로 상대방을 변화시키려 한다면 원만한 부부관계가 될 수 없다. 내가 상대방의 다른 생각을 열린 마음으로 받아들이는 것. 수용적인 모습을 갖는 것이 중요하다. 상대방도 수용적인 모습을 갖추고 있는지 파악하고 서로 조화를 이루며 살아가는 것이 부부이다. 즉, 상대방에게 원하기 전에 내가 먼저 변하면 된다는 뜻이다.

또한, 부부가 일심동체라고 해서 모든 것을 공유할 필요는 없다. 부부간에도 거리 두기는 필요하다. 배우자의 모든 것에 사사건건 간섭하며 잔소리하는 것은 잘못된 사랑이다. 부부간에도 각자의 개인 공간과 시간이 필요하다. 상대방의 영역에 부적절한 방법으로 들어가 사생활을 침해하는 것은 상대방을 답답하게 만드는 행동일 수도 있음을 기억하자. 각자의 개인 공간과 시간을 존중하는 것이 서로에게 더 가까워지는 방법이다. 부부라 해도 함께 하는 영역과 본인만의 영역은 있어야 한다. 물리적인 공간뿐만 아니라 심리적인 공간도 마찬가지다.

부부간 일정 거리를 유지하게 되면 자기 의사를 말하기가 훨씬 수월해진다. 대화할 때도 서로에게 필요한 것을 솔직하게 표현하고 적극적으로 듣게 된다. 각자의 생각과 감정을 객관화하여 소통함으로써 서로를 더 잘 이해하게 된다.

취미 생활이 다르다는 이유로 싸우는 부부들이 많다. 이 또한 상대방의 '다름'을 인정하지 못해서 생기는 문제다. 대부분 아내는 남편의 취미 생활을 인정하지 못한다. 혼자만의 시간을 즐기고 싶은 배우자의 마음을 이해하지 못한다. 쓸데없는 짓이라며 혼자만의 시간을 갖고 싶어 하는 남편을 나무란다. 개인 공간과 개인 시간을 존중하지 못하는 것이다. 각자의 취미는 때로 서로 이해하기 어려울 수도 있다. 그러나 소통과 이해를 기반으로 서로의 취미를 지지한다면 부부는 더 깊은 관계를 만들어 낼 것이다. (중독에 가까운 지나친 취미 생활을 이야기하는 것은 아니다)

각자의 취미를 갖고 서로의 시간을 존중한다면, 서로의 독립성을 존중받는 느낌을 받는다. 서로 다른 취미를 가진 부부는 시간 관리를 유연하게 만들어야 한다. 서로에게 자유(개인 시간)를 주면서도 공동의 시간을 만들려는 노력이 절실하다. 이렇게 된다면 부부간의 균형을 유지할 수 있을 것이다.

부부가 함께할 수 있는 공통된 취미나 활동을 찾아보려는 노력도 중요하다. 한국 여성정책 연구원에서 기혼 여성을 대상으로 조사한 결과 부부가 함께 하는 시간이 많을수록 결혼 생활의 만족도가 올라간다는 결과를 볼 수 있다. 서로의 취미를 존중하면서도 함께 새로운 도전을 찾는 것은 새로운 활력을 만드는 방법의 하나이다. 서로를 독립된 개체로 존중하면서도 함께 성장하는 과정은 부부관계를 더욱 돈독하게 한다.

부부간에는 각자의 삶에서 나오는 다양한 경험이 공존한다. 서로 다른 성향을 보인 두 사람이 만났기 때문에 서로에게 새로운 것을 배울 수도 있다. 다름을 이해하고 존중하는 마음만 있다면 나와 다른 모습은 문제 되지 않는다. 때로는 서로의 행동이나 생각이 이해되지 않을 때도 있을 것이다. 그러나 다름을 수용하고 존중함으로써 서로를 더 깊이 이해할 수 있다는 것을 잊지 말자. 서로의 다름을 받아들이면 그 다름으로 인해 서로 다른 매력과 특징을 찾을 수 있다. 이렇게 부부는 함께 성장한다.

가족치료의 선구자인 버지니아 사티어는 "사람은 서로의 공통점을 통해 연결되고, 차이점을 통해 성장한다."라고 했다. 부부도 이런 관계가 아닐까? 부부는 일심동체가 아니라 '이심이체'이다. 서로 다른 개체임을 인정하고 차이점을 극복하며 바라보는 방향(목표)이

같으면 된다. 일심동체라는 환상에 빠지기보다 이심이체라는 것을
인정하고 함께한다면 성장하는 부부가 될 수 있을 것이다.

3

표현하지 않은 사랑은
죽은 사랑이다

부모가 아이를 키울 때 사랑이라는 감정을 표현하면 정서적 안정감이 생기며 자존감이 올라간다. 부모가 '나를 사랑하는구나!', '내가 인정받고 있구나!'라고 느끼는 아이들은 실패를 두려워하지 않는 아이로 자라게 된다. 아이를 많이 안아주고, 칭찬해 주고, 우리는 너의 편이라는 확신을 갖게 하는 말로 아이에게 사랑을 표현할 수 있다. 이런 사랑 표현은 아이를 건강하게 키울 수 있는 중요한 조건 중 하나이다. 부모가 자식을 사랑하는 것은 당연하기에 사랑하는 마음을 표현하지 않는다면 아이는 부모의 사랑을 느낄 수 없다. 사랑을 표현하지 않는 부모의 모습은 무관심한 태도로 보일 확률이 높다. 무관심한 반응은 자녀에게 상실감을 주게 된다. 부모는 자녀에게 감정을 충분히 표현하는 것이 옳은 육아 방법이다.

부모와 자식 관계에서만 사랑을 표현해야 하는 것은 아니다. 사랑을 표현해야 하는 것은 부부관계에서도 마찬가지이다. 사랑은 인간의 삶에서 빠질 수 없는 아름다운 감정이다. 이토록 아름다운 감정, 사랑에 빠져 서로 다른 두 사람은 결혼을 선택했다. "사랑해."라는 말을 밥 먹듯 주고받았고, 사랑을 담은 연애편지도 열심히 썼을 것이다. 데이트를 즐기고 헤어질 때면 헤어짐이 아쉬워 수십 번 같은 길을 걸었던 적도 있었을 것이다. 한 번이라도 더 보고 싶었고 한 번이라도 더 안고 싶었던 시절. 상대방을 사랑하고 있는 내 마음을 전달하기 위해 부단히 노력했던 그 시절. 서로에게 잘 보이려고 노력했던 시간의 보상으로 결혼을 할 수 있게 되었다.

그러나 결혼 후 남자와 여자의 모습은 달라진다. 항상 곁에 있는 사람이기에 애써 사랑을 표현하려 하지 않는다. 결혼 초 아내가 많이 하는 이야기는 "남편이 변했어요. 사랑이 식은 것 같아요."라는 말이다. 결혼 전과 후는 많은 것이 달라지겠지만 그중에서도 가장 많이 달라진 것은 남자의 사랑 표현 아닐까?

중년의 남자와 여자가 손을 잡고 걸어가면 "저 사람들은 분명 불륜일 거야."라고 생각하는 사람들이 많다. 부부의 사랑 표현과 스킨십을 어색하게 느끼는 사람들이 많은 것이다. "다 잡은 물고기에게 먹이 줄 필요 없지!"라는 농담 섞인 말을 아무렇지 않게 뱉기도 한다. 남편으로서는 농담이겠지만 그런 말을 듣는 아내에게는 큰 상처로 남을 수 있다. 사랑 가득한 눈빛과 손 편지를 써주는 정성 어린 모습이 결혼 후의 남편에게서는 보이지 않는다. 이러한 모습을 보며 아내는 외로움과 상실감을 느낄 수 있다. 남편은 반대로 이런 감정을 느끼는 아내를 이해하지 못한다.

이런 차이가 나는 이유는 남자와 여자가 근본적으로 다르기 때문이다. 사랑 표현의 방식도 다르고 감정을 느끼는 포인트도 다르다. 사랑 표현이 예전 같지 않은 남자들에게 물어보면 하나같이 이렇게 말한다. "사랑하니까 결혼했죠. 그런데 매번 표현해야 하나요?" 이런 남자들의 반응으로 여자들은 더 상처받는다.

부부 사이에 사랑을 꼭 표현해야 아느냐고 의아해하는 남자들이 있다면 정확하게 말하고 싶다. "표현하지 않는 사랑은 사랑이 아닙니다." 표현하지 않는 사랑은 죽은 사랑이나 마찬가지이다.

존 그레이의 《화성에서 온 남자, 금성에서 온 여자》에서도 알 수 있듯 본래 남자는 화성인이고 여자는 금성인이기 때문에 둘 사이의 언어와 사고방식은 다를 수밖에 없다. 남자와 여자의 애정 표현 역시 다르다. 그렇다면, 어떻게 사랑 표현을 해야 할까?

아내는 남편에게 사랑받고 있다는 사실을 항상 확인하고 싶어한다. 그래서 남편의 애정 표현을 바라는 것이다. 상담 심리학 이순자 박사는 아내는 자상한 배려와 대화에서 사랑을 느낀다고 말한다. 남편이 아내에게 자상하고 배려 깊은 행동을 보이는 것 자체로 큰 사랑을 느끼게 된다. 작은 일상에서 큰 결정에 이르기까지 상대방을 배려하는 모습은 아내에게 안정감을 주며 사랑을 느끼게 한다.

남자와 여자는 언어적 표현에서도 차이가 난다. 남자는 문제를 해결하는 데 중점을 두고, 여자는 감정을 나누고 듣는 데 중점을 둔다. 이러한 이유로 남편과의 대화에서 사랑은커녕 무시당한다는 느낌을 받는 일도 있다. 아내는 크고 거창한 것을 바라지 않는다. 나의 이야기를 듣고 결론을 내려주려 하는 남편의 모습을 바라는 것 또한 아니다. 아내에게 사랑을 표현하고 싶다면, 아내의 말에 고개를 끄덕이며 공감하자. 이 정도의 표현만으로도 아내는 사랑받는다는 느낌에 행복해할 것이다.

반대로 남편은 아내에게 존중받고 싶어 한다. 남편을 무시해서는 안 된다. 남편의 자존심은 아내가 지켜줘야 한다는 것을 명심하자. 사람은 누구나 비교당하는 것을 싫어한다. 어린아이도 옆집 아이와 비교당하면 금방 풀이 죽고 자신감을 잃어버리게 된다. 비교당하는 아이는 평생 지울 수 없는 상처로 남게 된다 해도 과언이 아니다. 아이도 이러하거늘 한 가정을 책임지고 있는 남편은 어떨까? 사랑하는 아내에게 '최고'가 될 수 없다면 자존심이 바닥을 칠 것이다. 남자는 내 여자에게만큼은 '최고'가 되고 싶은 심리가 있다. 자기를 존중해 주는 여자를 위해 죽을 수도 있는 것이 남자이다. 남편을 존중하라는 것이 무조건 헌신하고 복종하라는 뜻은 아니다. 부부의 생각이 다른 경우엔 남자와 여자의 특성을 고려해 합의를 끌어내면 된다.

"남자는 여자 하기 나름이에요."라는 유명한 광고 문구가 있다. 오래전 광고이지만 지금도 이 광고 문구를 들으면 모든 사람이 고개를 끄덕일 것이다. 남편의 기를 살려줄 수 있는 것도 아내이며 남편의 자존심을 깎아내릴 수 있는 것도 아내이다. 남편에게 사랑을 표현하고 싶다면, 남편을 존중하고 남편의 기를 살려주는 것이 정답이다.

사랑은 현재가 중요하다. 또한, 표현하는 사랑이 진행 중인 사랑이다. 하루하루 현재의 감정에 충실하고 표현하는 것이 진짜 사랑이다. "나중에 잘해줄게."라는 말로 지금의 사랑을 못 본척하는 실수를 저지르지 말자. 진정 행복한 부부관계를 이어가고 싶다면 지금 사랑을 표현해야 한다. 지금 당신 곁에 있는 사람을 바라보고 표현해 보자. 사랑은 표현하면 할수록 더 커지는 법. 지금 있는 그대로 모습을 사랑하고 마음껏 표현하며 아름다운 부부관계를 이어갈 수 있기를 바란다.

4

가사, 육아 역할 분담
싸우지 말고 대화하라

　여성의 사회 진출이 많아짐에 따라 요즘은 맞벌이 부부가 많다. 남자가 가정 경제를 책임지고 생계를 전적으로 책임지던 시절이 아니다. 남자가 생계를 책임지던 시절에는 가사와 육아의 책임은 여자의 몫이었다. 하지만 이제 시대가 달라졌다. 지금은 맞벌이가 자연스럽다. 결혼하더라도 부부 각자가 자기 계발에 힘쓰며 성취감을 느끼고 경제적인 만족도가 올라가기 때문에 맞벌이는 당연하다고 생각한다. 이러한 이유로 맞벌이 부부의 가사, 육아 분담은 한쪽의 일방적인 희생이라는 개념이 없다. 하지만, 여전히 가사와 육아 분담은 부부관계의 큰 걸림돌이 되기도 한다. 세상은 이렇게 바뀌었는데 나 홀로 조선시대에 살고 있는 남편들이 여전히 많기 때문이다. 남편과 똑같이 사회생활을 하고 있는데 집안일은 왜 여자의 몫이 되어야 하는 걸까?

2023년 한국 리서치에서 가족 인식 조사를 진행했다. 가정의 가사 노동을 어떻게 분담하는지에 대한 설문이었다. 그 결과 전체 응답자의 63%가 '공평하게 해야 한다.'라고 답했다. 남녀 모두 부부가 공평하게 가사를 분담해야 한다는 것이 다수 의견이다. 하지만 현실은 다르다. 실제로는 72%의 아내가 가사를 전적으로 담당하고 있다. 가사 분담 인식과 현실 격차가 확인되는 결과이다.

남자의 가사 참여 비중이 점점 늘어나고는 있다지만 여전히 아내는 하루 평균 3시간 14분, 남편은 40분으로 5배 차이가 난다. 옛날 사람들처럼 집안일을 전혀 하지 않는 남편은 없겠지만, 요즘 남편들의 문제는 집안일을 하면서 생색을 낸다는 것이다. 남자와 여자, 모두 사회생활을 하고 있다면 집안일도 함께 하는 것이 당연한데도 남편들은 "내가 도와준다. 고마워해라."라고 생각한다. 가사와 육아 분담은 도와주는 것이 아니라 함께하는 것이다. 또한 아내는 남편이 해놓은 것이 마음에 들지 않더라도 넘어가는 센스가 있어야 한다. 완벽하게 집안일을 했으면 더 좋겠지만 함께 해주려는 남편의 마음에 점수를 주자. 깔끔하고 완벽한 집 상태보다 부부의 행복이 더 중요하기 때문이다.

맞벌이하지 않더라도 아이가 있다면 남편은 가사와 육아에, 적극성을 보여야 한다. "아이 한 명을 키우는 데 온 마을이 필요하다."라는 말에서 알 수 있듯이 육아는 아내 혼자의 몫은 아니다. 아내가 사회생활을 하지 않고 집에서 가사와 육아에 전념하는 것 또한 쉽지 않은 일이다. 하지만 "종일 집에 있는 사람이 집안일도 안 하고 뭐 했어?"라고 말하는 남편들도 있다. 집안일 그리고 육아의 힘듦과 어려움을 인정하지 않는 태도이다. 그러면서 정작 본인은 1시간도 아이를 돌보지 못한다. "회사 갈래? 집에서 애 키울래?"라고 묻는다면 열이면 열 모두 회사를 선택할 것이다. 그만큼 육아는 힘들다. 아내는 종일 집에서 놀고 있는 것이 아니라 이렇게 고되고 힘든 육아를 하고 있다는 사실을 인지해야 한다.

부부가 함께 육아하는 것은 자녀에 대한 공동 책임감을 느끼는 것이다. 함께 육아에 참여하면 자녀들에게 안정감을 준다. 또한, 부모 간의 협력이 자녀의 성장에 도움이 될 것이다. 종일 아이를 돌보는 아내를 대신해 주말 하루쯤은 남편이 아이를 전담하고 아내에게 자유시간을 선물해 주는 멋진 남편이 되어야만 한다.

어떤 맞벌이 부부는 5년 동안 설거지를 누가 할 것이냐로 다투었다고 한다. 둘 다 설거지를 극도로 싫어했기 때문이다. 남편은 집안일은 아내의 몫이라고 떠넘겼고, 아내는 본인도 사회생활을 한다며 반격했다. 이렇게 5년이란 시간 동안 싸움을 반복했다. 설거지를 누가 하느냐? 가 서로에게 상처 주는 말을 하며 싸울 일이었을까? 무조건 한 사람만 도맡을 필요는 없다. 공평하게 날짜를 나눈다거나 횟수를 나누면 될 일이다. 그런데 5년 동안 설거지 싸움을 계속했다는 것은 둘 사이에 대화나 배려가 없었기 때문이다. 사랑과 이해 가득한 부부간의 소통을 통해 가사와 육아 역할을 효과적으로 나누어야 한다. 서로에게 열린 마음과 깊은 이해가 있다면 크게 문제 될 것은 없다.

워킹맘 A 씨는 퇴근하고 집에 돌아오면 엉망이 되어 있는 집을 정리하기에 바쁘다. 장난감 정리, 설거지, 빨래 등의 밀린 집안일을 해치운다. A 씨는 퇴근 후에도 여전히 일을 해야 하는 상황이 힘겹다고 말한다. A 씨의 남편은 퇴근 후 집에 들어오면 아무것도 하지 않으려는 모습이다. 하루 종일 회사 업무로 힘든데, 집에 와서도 일을 해야 하냐며 짜증을 낸다. 퇴근 시간이 지났음에도 일부러 늦게 들어오는 경우도 있다. 이런 남편의 모습 때문에 A 씨 부부는 매일 전쟁이다. 가사와 육아는 A 씨의 몫이어야만 했을까?

육아와 집안일은 여자의 몫이라는 생각을 버려야 한다. 가사와 육아 분담의 갈등은 상대에 대한 이해와 배려에 있다는 점을 기억해야 한다. 나의 남편이, 나의 아내가 얼마나 수고하고 있는지를 공감해 주는 마음이 필요하다. 따뜻한 말 한마디 건네며 고마움을 표현하고 함께하고자 하는 마음만 있다면 갈등을 해결할 수 있을 것이다.

가사와 육아를 함께 한다는 것은 '당신의 몫은 이만큼, 나의 몫은 이만큼'으로 정확하게 나누는 것이 아니다. 역할 분담 전, 상대방을 이해하고 배려하는 마음이 먼저이다. 배우자에 대한 이해와 배려가 있다면 함께 하는 부분도 많아진다. 배려하는 마음을 가지고 대화해 보자. "고생했어. 힘들었지?"라는 말들을 서로 하게 될 것이다. 자기 입장만 생각하기보다는 상대방의 입장을 알아주고 배려하자. 집안일과 육아는 누구의 전담 영역이 아니다. 함께하는 경험을 통해 부부간의 육아와 가사 부담을 가볍게 해보자. 서로를 지지하고 이해하는 마음이 부부관계를 더욱 견고하게 만들어 줄 것이다. 더 행복하고 건강한 가정을 만들어 나가는 방법은 상대방을 배려하는 마음과 함께한다는 마음가짐임을 잊지 말자.

5

솔직함을 이길 수 있는 무기는 없다

"솔직한 만큼 사람들 사이의 거리를 좁혀주는 것은 없다." 톨스토이의 명언이다. 친밀한 인간관계를 유지하기 위해서는 솔직함이 필수 조건이라는 이야기이다. 일반적인 인간관계에서도 솔직함을 통해 거리를 좁히고 친밀감을 쌓을 수 있는 법인데 부부관계에서는 어떨까? 촌수를 따질 수 없을 만큼 가까운 부부관계에서는 솔직함은 필수 조건이다.

결혼 생활을 하다 보면 배우자를 내 마음대로 생각하고 판단할 때가 있다. 혹은 내가 말하지 않아도 상대방이 알고 있을 거라는 착각을 할 때도 있다. 함께 한 시간이 길어질수록 나와 배우자를 동일하게 생각하기 때문이다. 뇌 과학자들에 의하면 인간의 뇌는 자신을 인지하는 부분과 타인을 인지하는 부분이 있다고 한다. 남녀가 처음 사랑을 시작했을 때의 뇌는 나와 너로 인식했겠지만, 결혼하고 시간이 흐르면 뇌는 배우자를 자신처럼 인지한다고 한다. 자기 자신을 대하듯 배우자를 대하는 경우가 생기는 것이다. "말 안 해도 다 알겠지? 내 생각과 같을 거야."라는 착각에 빠질 수도 있다는 이야기이다.

하지만, 부부는 다른 사람이 만나 함께 사는 것이다. 가장 가까운 사람이면서도 가장 먼 사람이기도 하다. 촌수를 따질 수 없을 만큼 가까운 사이이지만, 갈등이 생기면 서로 상처를 주는 남보다 못한 사이이기도 하다. 갈등이 생기면 남은 말을 섞지 않거나 두 번 다시 보지 않으면 그만이지만 부부는 미워도 매일 얼굴을 볼 수밖에 없다.

건강한 부부관계를 유지하고 싶다면, 오랜 시간 함께한 부부 사이니, 말하지 않아도 다 알아준다거나 배우자의 생각이 내 생각과 같을 거라는 착각은 하지 않는 것이 좋다. 나의 마음과 생각을 구체적으로 표현하지 않으면 상대방은 알 수 없다. 내 마음도 제대로 알지 못하는 것이 사람이다. 그런데 어찌 배우자의 마음을 알 수 있을까? 부부는 완벽하게 다른 인격체라는 것을 잊어서는 안 된다.

2022년 통계청의 기록을 보면 이혼율은 2.1%이다. 100쌍의 부부 중 약 2쌍의 부부가 이혼하는 것이다. 이혼 사유를 살펴보면 1순위가 '성격 차이'이다. 남자와 여자이기에 서로 다른 것뿐인데 '너의 생각이 내 생각과 달라서, 네 생각이 이해되지 않아서'라며 싸운다. 나와 생각이 다르다는 이유로 혹은 내 뜻대로 해주지 않았다는 것을 성격 차이로 결론 내린 채 싸우는 경우가 많다. 이것은 성격 차이가 아니라 솔직하게 나의 마음을 전달하지 못했기 때문에 비롯되는 일이다.

성격 차이라 결론 내리기 전에 내 생각과 마음을 솔직하게 표현한다면 내 생각만으로 배우자를 판단하는 일은 줄어든다. 그뿐만 아니라, 서로 오해의 늪에 빠져 허우적거릴 일도 없어질 것이다.

사람들은 원하는 것이 무엇이냐고 물으면 쉽사리 대답하지 못한다. 진짜 원하는 것을 말하지 못하고 상대방의 눈치를 살피는 경우가 있다. 솔직하게 대답하지 못하는 이유는 여러 가지가 있겠지만, 부부관계에서는 배우자를 배려한다는 이유로 솔직하게 이야기하지 못하는 경우가 있다. 나의 대답이 배우자의 생각과 같지 않다면 나의 사랑을 의심받을 수도 있다는 불안감 때문이다. 싫어도 좋은 척~ 좋아도 싫은 척~ 솔직하지 못한 태도와 대화를 이어간다면 부부관계에 좋지 않은 영향을 끼칠 것이다. 진짜 원하는 것을 말하지 않으면 진짜 원하는 것을 얻을 수 없다.

수십 년 함께 산 부부라도 상대방의 마음속 깊은 감정은 알 수 없다. 그동안의 모습과 성향을 고려하여 대충 짐작할 뿐. 완벽하게 상대방의 마음을 알 수는 없는 법이다. 내가 원하는 것, 내가 느끼고 있는 감정 등을 솔직하게 이야기해야 알 수 있다.

솔직하게 나의 마음을 표현하고 이야기할 때는 조심할 것이 있다. 솔직함과 무례함을 혼동하지 않는 것이다. '솔직하다'는 거짓이나 숨김이 없이 바르고 곧다는 뜻을 가지고 있다. 내 마음을 숨기지 않고 바르게 말하는 것을 의미한다. 욱~해서 나의 감정대로 화를 낸다거나 소리 지르며 표현하는 것은 솔직한 것이 아니라 무례한 것이다. 내가 하고 싶은 이야기, 내가 취하고 싶은 행동을 정제하지 않고 배우자에게 쏟아내는 것은 무례함이다. 무례한 태도를 솔직함으로 포장하는 실수를 범하면 안 된다. 부부관계에서의 솔직함에는 나와 배우자와의 관계를 발전시키고 싶은 마음이 있어야 한다.

"당신 때문에 짜증이 나서 미칠 지경이야! 지금 이야기하고 싶지 않아!"라고 소리를 지르며 감정만 드러내는 것이 아니라 "내 판단으로는 당신의 태도가 이해되지 않는데, 왜 그렇게 했는지 이야기해 줄 수 있어?"라고 감정이 보내는 메시지에 귀 기울여야 한다. 또한, 부부관계의 발전을 위한 마음이 표현되어야 한다. "집에서 살림만 하는 당신보다 많은 사람을 만나며 일하는 내가 더 많이 알고 있겠지. 그러니 내 생각대로 따라와!"라며 상대방의 생각까지 마음대로 하려는 것은 옳지 않다. 이것은 솔직함이 아닌 상대방을 무시하는 무례한 말이다. 생각나는 대로 내뱉는 것은 솔직함이 아니란 것을 명심하자. 솔직함에는 감정을 빼고 무게를 넣어야 한다는 것도 잊지 말자. 감정에 휘둘리며 내 마음대로 쏟아내는 것은 솔직함이 아니다.

부부가 갈등을 겪는 이유는 서로 맞지 않아서가 아니다. 말하지 않아도 내 생각과 같을 것이라는 오해를 하기 때문이다. "당신 생각이 내 생각이고, 내 마음이 당신 마음"이란 것은 없다. 이러한 잘못된 생각으로 갈등의 늪에 빠지지 말고 솔직하게 표현하자. 배우자가 내 마음과 내 생각을 다 알고 있을 거라는 생각은 버리자. 내가 원하는 것, 내가 느끼는 감정 등을 솔직하게 표현하자. 더불어 솔직한 배우자의 표현도 인정하고 공감하자. 솔직함은 나의 불만을 표출하고 배우자의 잘못을 지적하는 것이 아니라 더 단단한 부부관계를 만들어줄 강력한 무기이다.

6

결혼했다면,
부모를 떠나라

"효자 남편, 효녀 아내와는 살기 힘들다."라는 말이 있다. 효(孝)는 우리 문화에서 매우 중요하게 생각되는 덕목이다. 부모에 대한 공경을 바탕으로 한 자녀의 행위. 효는 동서고금을 막론하고 존재하며 인류의 중요한 조건이다. 이러한 '효'가 왜 부부관계에만 들어오면 문제가 되는 것일까? 효자 남편, 효자 아내라 하면 중요한 덕목을 가지고 있는 훌륭한 배우자일 텐데 부부관계에서는 왜 애물단지가 되었을까?

부모로부터의 독립을 효도라고 생각하는 사람이 있고, 부모와 영원히 함께하는 것을 효도라고 생각하는 사람도 있다. 확실한 것은 결혼하면 부모로부터 분리되어 자신만의 가정을 꾸려나가야 한다는 것이다. 부모에게 독립하지 못하면 안정적인 결혼 생활은 힘들다. 결혼 생활을 잘하려면 남자는 어머니가 아닌 아내와 여자는 아버지가 아닌 남편과 한 팀을 이루어야 한다. 부모와 팀을 이루면 마마보이, 파파걸이 된다. 마마보이와 파파걸은 상대방을 자신의 기준이 아닌 부모의 기준으로 보게 된다. 이렇게 되면 남편과 아내 둘만의 결혼 생활이 될 수 없다. 아내의 아빠, 남편의 엄마 4명의 결혼 생활이 되어버린다. 4명의 결혼 생활이 되면 사소한 갈등도 복잡하고 어려워진다. 남편과 아내 둘만의 상호 작용으로 끝날 것이 4명이 상호작용을 하므로 문제가 쉽게 해결되지 않는다.

부모 중에서도 성인이 된 자식을 놓지 못하는 경우가 있다. 성인이 된 자식의 삶에 깊숙이 들어와 사사건건 참견하며 품 안의 자식이라 생각한다. 정신적으로 독립하지 못한 남편이나 아내만큼 참견하는 부모 때문에 결혼 생활이 어려워지기도 한다. 결혼은 부모로부터 신체적, 정신적 독립한 후, 이루어져야 한다. 부모에 대한 고마움은 고마움대로 남겨두고 배우자에게 집중해야 한다. 결혼을 통해 새로 이룬 내 가정의 주인공이 되어야 하는 것이다. 부모 역시 자녀의 삶에서 빠져줘야 한다. 원가정은 배경일 뿐이다. 어려운 일이 있을 때 힘이 되어주는 존재면 되는 것이다. 배경을 배경으로 둘 수 있는 마음이 필요하다.

"집에 있지? 지금 반찬 가지고 갈게."

"나는 너를 딸 같이 생각하고 있어. 자주 전화해서 애교도 부리고 하면 얼마나 좋니?"

"엄마가 우리 생각해서 반찬도 가져다주시고, 당신을 예뻐하니까 딸 같다고 하시는 건데 당신은 뭐가 불만인 거야?"

결혼 생활에 참견하고 딸 같은 며느리를 요구하는 시어머니 때문에 극도의 스트레스를 받는 아내들이 많다. 이러한 상황에서 남편이 무조건 자신의 어머니 편만 들고, 아내의 마음은 무시한다면 갈등이 시작된다. 부모 마음을 먼저 생각한다고 해서 아내의 마음과 말을 무시해서는 안 된다. 부모를 생각하는 마음도 중요하지만, 아내가 힘들어한다면 고민할 것도 없이 아내를 존중해야 한다.

만약, 시어머니가 반찬이 있는지 없는지, 밥은 잘 챙겨 먹는지 잔소리하고 간섭하면 아내는 힘들어진다. 아내가 힘들어지면 부부관계도 힘들어지게 된다. 결혼했으면 어머니가 아닌, 아내가 우선이 되어야 한다는 것을 명심하자. 가장 가까이에 있는 아내가 뒷순위로 밀려나면 더 서운함을 느끼게 된다. 고부간의 갈등은 남자의 대응에 따라 달라지는 것이다.

또한 부모라 해도 따로 살고 있는 자녀의 집을 내 집 드나들 듯이 하는 것은 좋지 않다. 결혼했는데도 부모의 간섭이 계속된다면 부부생활에 악영향을 끼칠 수 있다. 결혼한 자녀가 행복하게 살기를 바란다면 자녀의 결혼생활에 침범하는 일이 없어야 한다.

한편, 남편이 아내에게 갖는 불만 중 하나는 친정에 과하게 의존하는 것이다. 친정과 가까운 곳에 살기를 강요하거나 친정이 여전히 내 집이라고 생각하는 아내들 때문에 남편의 불만은 쌓이게 된다. 출산과 육아를 핑계 삼아 친정 근처에 집을 얻고 매일 친정집을 드나들며 모든 것을 친정에 보고하는 아내를 환영하는 남편은 없을 것이다. 남편으로서는 결혼을 통해 우리만의 가정을 이루었으니 우리 가정이 중심이 되어야 한다고 생각하는 데, 아내는 부모에게서 독립하지 못하고 여러 가지 지원을 받고 싶어 하는 심리가 있기 때문이다.

결혼과 동시에 친정은 더 이상 내 집이 아니다. 앞에서 말했듯이 원가정은 배경일 뿐이다. 사랑하는 사람과 함께 새로운 가정을 꾸렸다면 친정 부모에게서 독립하여 나의 가정에 충실해야 한다는 것을 명심하자. 부모에게 의지하는 것 자체가 나쁘다고 할 수는 없지만 신체적, 정신적으로 독립해야만 건강한 결혼 생활이 유지된다는 것은 변함없는 사실이다. 과도한 부모 의존은 서로를 힘들게 한다. 친정과 팀을 이룬 아내, 엄마와 팀을 이룬 남편은 배우자를 멀어지게 만든다.

우리의 인생에는 우선순위가 있다. 우선순위는 상황에 따라 바뀐다. 때로는 돈이 우선이 될 때가 있고, 때로는 공부가 우선이 될 때도 있다. 결혼 전에는 나를 우선순위에 두어 내가 하고 싶은 것을 마음껏 하며 살았다. 그때는 부모님보다 내가 더 우선이었다. 하지만 결혼 후에는 모든 상황이 바뀐다. 달라진 상황에 따라 우선순위도 바뀐다. 1순위를 부부라 생각하는 사람도 있고, 부모에게 두는 사람도 있고, 변함없이 자기에게 우선순위를 두는 사람도 있다. 하지만 결혼 후에는 서로의 배우자가 우선순위가 되어야 한다. 아내가 우선이 아닌 사람은 고부갈등을 유발할 수 있고, 남편이 우선이 아닌 사람은 처가와의 갈등을 유발할 수 있다.

결혼은 부모에게서 배우자로 우선순위를 옮기는 것이다. 부자유친(父子有親)이 아닌 부부유친(夫婦有親)이 되고, 부부유별(夫婦有別)이 아닌 부자유별(父子有別)이 되어야 한다. 결혼은 누구를 위해서 하는 것이 아니다. 사랑하는 두 사람이 만나 인생을 함께하는 것이 부부이다. 부부관계가 좋아야 부모와의 관계도 좋아진다. 부부관계가 나빠진다면 부모와의 관계도 나빠질 수밖에 없다. 부부가 되는 순간, 서로의 부모도 유기적으로 연결되는 관계가 된다.

부부를 우선순위에 두자. 때로는 싸우기도 하고 갈등을 겪는 관계이지만 가장 가까운 사이라는 것을 잊지 말자. 사회를 구성하는 최소 단위인 부부가 행복해야 모두가 행복하다. 부모도 행복하고, 자녀도 행복해진다. 가족 모두가 행복해지기를 바란다면, 두 사람

사이에 부모를 놓지 말자. 남편은 아내를 어머니와 비교하는 실수를 저질러서는 안 된다. 아내는 엄마가 아닌 동반자임을 기억하자. 아내는 친정에 의존하지 말고 남편에게 의지하자. 인생이란 무대의 남·여 주인공은 부부이다. 나의 인생 반쪽인 상대방을 우선순위에 두고, 행복한 결혼 생활을 유지하는 현명함이 있길 바란다.

7

서로의 조력자가
되어주라

관상어 중에 '코이'라는 물고기가 있다. 작은 어항에 넣어두면 5~8cm밖에 자라지 않지만. 커다란 수족관이나 연못에 넣어두면 15~25cm까지 자란다고 한다. 강물에 방류하면 90~120cm까지 성장한다. 같은 물고기지만 어항에서 기르면 피라미가 되고, 강물에 놓아두면 대어가 되는 신기한 물고기이다. 이를 두고 '코이의 법칙'이라고 한다. 주변 환경에 따라 생각의 크기에 따라 결과의 차이가 크다는 것이다. 물고기도 노는 물에 따라 크기가 달라지는데 사람은 어떠할까? 사람 또한 환경의 지배를 받으며 살아간다. 자신의 무대를 어항이라 생각하지 않고 강물이라 생각하면 꿈의 크기가 커질 수 있다. 결과적으로 우리의 인생도 달라질 수 있다는 것이다.

우리는 각자 다양한 꿈을 품고 살아가고 있다. 꿈의 크기와 상관없이 꿈을 가진 사람의 모습은 아름답다. 그 꿈을 이루려고 노력하는 사람은 빛이 난다. 누군가의 아내, 누군가의 남편이 된 지금도 다르지 않다. 우리는 여전히 꿈을 가질 수 있다. 결혼하고 아이를 키우며 매일 바쁘게 지내다 보니 꿈을 잠시 잊어버렸을 뿐. 꿈을 꾸지 말라는 법은 없다. 꿈을 꾸고 목표가 생겼다면 서로 이야기를 나누어야 한다. 꿈이나 목표는 말하지 않으면 효력이 사라지기 때문이다.

부부관계에서는 더욱더 그러하다. 결혼 생활을 하는 부부가 꿈을 이루기 위해서는 협력이 필요하기 때문이다. 상대방의 협력이 없으면 이룰 수 없는 꿈도 있다. 부부로 함께 살아가며 꿈을 이루기 위해서는 공유해야 하는 부분이 분명히 있다. 그러나 공유하는 과정에서 어느 한쪽만 꿈을 포기하는 것은 바람직하지 않다. 서로가 이루고 싶은 꿈을 다 이루고 살기는 어렵더라도 해볼 수 있도록 지지해 주고, 도와주는 바람직한 공유 형태가 되어야 한다. 함께 살고 있는 부부라 해서 하고 싶은 일이 같거나 꿈이 같을 수는 없다. 함께 살고 있지만 남자와 여자가 다르듯 하고 싶은 일도 다르고, 꿈도 다를 수 있다는 것을 인정해야 한다.

서로의 방향이 달라도 지지하고 응원해 주는 동반자가 되어야 하는 것이다. 배우자의 꿈이 나와 같지 않다고 무시하거나 본인의 꿈을 강요해서는 안 된다. 나의 꿈과 배우자의 꿈이 같지 않다고 해서 서로를 사랑하지 않는 것은 아니다. 그저 생각과 하고 싶은 것이 다를 뿐이다. 나의 꿈을 존중받고 싶다면 배우자의 꿈도 존중해야 한다. 일방적인 강요나 무시는 정서적 거리감을 만들고 결국엔 '성장하는 부부'가 아닌, '망가지는 부부'가 될 수 있음을 기억하자.

나는 배우자의 꿈을 지지해 주고 응원해 주는가? 주변 환경에 따라 결과의 차이가 큰 '코이의 법칙'을 다시 한번 떠올려 보길 바란다. 배우자의 꿈과 도전을 위해 어떤 환경을 제공해 주고 있는지 생각해 보자. "지금 그 나이에 무슨 꿈이야? 애들이나 잘 키워!", "다른 생각하지 말고 다니는 직장이나 잘 다니세요!"라고 이야기하며 배우자를 어항 속 피라미로 생각하고 있는 것은 아닌지 한 번쯤 생각해 봤으면 한다. 앞으로의 인생을 함께하며 늙어갈 사람이 아군이 되어주지 못한다면 어떻게 같이 늙어갈 수 있을까? 사랑해서 함께 하기로 한 사람. 나의 아내, 나의 남편에게 진정한 아군이 되어주자. 가족이 믿어주고 지지해 주면, 자존감이 높아진다고 한다. 자존감은 사랑하는 사람이 파이팅을 외쳐줄 때 생기는 것이다. 가장 가까운 사람인 배우자가 믿고 지지해 준다면 강물의 대어가 되어 서로의 꿈을 응원하며 더 높은 곳을 향해 오르는 것과 같다.

그 순간 부부는 함께 하는 힘을 느끼게 되고, 그 무게감은 더 큰 성취를 이루게 하는 원동력이 된다. 서로의 꿈을 응원함으로써 더 풍요로운 삶을 맛볼 수 있는 것이다. 서로에게 조력자가 되어준다는 것은 서로 이해하고 존중하는 과정이라 볼 수 있다.

배우자의 꿈을 알아가면서 그 안에 담겨 있는 배우자의 가치관과 열정을 알게 된다. 이를 통해 더욱 풍요로운 대화와 소통을 할 수 있을 것이며 부부관계는 더욱 튼튼하게 될 것이다. 부부가 서로의 꿈을 응원하는 것은 곧 자신의 꿈을 이루는 길이기도 하다. 꿈을 응원하는 과정에서, 서로에게 큰 영감을 주게 되고, 배우자를 보며 자신의 꿈을 이루기 위한 동기부여를 얻게 되기 때문이다. 부부간의 응원이 이어지면 결과적으로 우리의 삶은 더 큰 의미와 행복으로 가득할 것이다.

부부가 되었다는 것은 협력자가 생겼다는 것이다. 인생을 살아가는 데 든든한 지원군이 생긴 것이기도 하다. 함께 성장하는 부부가 되기 위해서는 서로의 꿈과 도전을 지지하고 응원해 주어야 한다. 내가 이루고 싶은 것, 나의 꿈이 중요하다면 상대방의 꿈 역시 중요하다는 것을 잊지 말자.

"당신은 꿈이 뭐야? 하고 싶거나 이루고 싶은 것이 있어?"

나의 꿈을 이루고 싶다면, 먼저 든든한 조력자가 되어주자. 꿈이 무엇인지 이루고 싶은 것이 무엇인지 물어보고 함께 이야기를 나눠보자. 누구의 아내, 누구의 남편이라는 이름은 잠시 내려놓고 '나'와 '너'. '우리'의 모습에 초점을 맞춰보자. 아내와 남편이 되기 전 꿈도 많고 하고 싶었던 것도 많았던 서로를 응원해 주는 멋진 부부가 되어보자. 배우자는 가장 가까운 사람이며 나의 편이 되어 줄 수 있는 사람이다.

"큰 숲 사이로 걸어가니 내 키가 더욱 커졌다."라는 말이 있다. 꿈꾸는 사람과 함께 하면 꿈이 생긴다. 어떤 크기의 꿈을 꾸느냐에 따라 인생도 달라진다. 상대방의 꿈을 지지하고 응원해 준다면 나의 꿈도 이룰 수 있다. 온전한 믿음만 있다면 누구나 크게 성공할 수 있다. 결혼을 통해 한평생을 함께할 부부. 서로를 응원해 주고 믿어주는 것만큼 큰 사랑은 없다. 지금 당신 곁에 있는 소중한 아내 또는 남편을 바라보고 이야기해 보자.

"나는 당신의 꿈을 응원해. 당신 곁에서 힘껏 도와줄게. 나는 당신을 믿어!"

8

자녀 교육의 기초 공사,
부부관계에서 시작된다

부부가 결혼해서 가장 행복한 경험은 바로 부부의 모습을 닮은 아이를 낳았을 때라고 한다. 이 세상에 우리를 닮은 귀한 존재가 부부에게 와주었으니 얼마나 기쁜 일인가? 신비하고 경이로운 경험이다. 자녀가 태어나기 전에는 부부 둘만의 시간을 보내며 자유롭게 지냈다. 하지만 자녀가 태어나면서 자녀에게 많은 시간이 들어간다. 자녀가 태어나기 전에는 서로에게 집중하고 부족한 부분을 채워주며 둘만 행복하면 되었으나 이제는 상황이 달라졌다. 자녀에게 온 신경을 써야 하고 집중해야 한다. 특히 학구열이 높고 자녀에 대한 욕심이 많은 대한민국의 부모들은 더욱더 그러하다. 모든 부모는 아이를 잘 키우고 싶어 한다. 공부면 공부, 인성이면 인성. 어느 것 하나 포기하고 싶지 않은 것이 부모이다. 아이를 잘 키울 수만 있다면 나의 삶을 포기할 수도 있다 생각하는 것이 부모이다. 자녀를 잘 키우겠다는 마음만 앞선 나머지 부부 두 사람에게는 집중하지 못하는 경우가 생긴다. 자녀에게 온 신경을 쓰다 보니 서로에게 스트레스가 쌓인다. 부부 중심의 가정이 아닌, 자녀 중심의 가정이 돼버리기 쉬운 것이다.

아이들은 부모를 통해 모든 것을 배운다. 부모라는 우주 안에서 세상을 경험하고 배우게 된다. 기본적인 생활 태도부터 인간관계, 나아가 사회까지 경험한다. 인간에 대한 기본적인 생각을 갖게 하는 시작이 부모이다. 부모가 행복한 삶을 사는 것을 보며 자란 아이는 세상에 대한 긍정적인 마음을 갖게 된다. 반대로 부모가 불행한 모습을 보여준다면 아이는 세상에 대한 불신으로 가득 차게 된다. 부모가 행복해야 아이도 행복하다. 부부간의 화합된 관계는 자녀에게 안정감을 제공한다. 건강하고 긍정적인 가정 환경을 조성해야 하는 이유이다. 자녀 교육은 결국 부부관계에서 시작되며 자녀들은 삶과 인간관계에 대한 중요한 원칙을 부모로부터 배우게 된다.

"이혼하고 싶지만, 자식 때문에 참고 살아요."
"지금은 아이가 어리니 부모 노릇은 해야죠. 하지만, 아이가 성인이 되면 바로 이혼할 생각입니다."

　부부관계가 좋지 않지만, 자식에게 상처 주고 싶지 않아 참고 산다는 분들에게 흔하게 듣는 말이다. 나의 결혼 생활은 실패했으나 부모의 역할은 잘 해내고 싶은 마음이다. 그러나 부부관계와 자녀 교육을 별개로 생각하면 위험할 수 있다.

　부모가 자녀 앞에서 언성을 높이며 싸우고 서로 헐뜯는 모습을 보여준다면 아이는 세상이 무너지는 아픔을 느끼게 된다. 안전하지 않다고 생각해 두려움에 떨게 된다. 아이에게는 부모가 우주이며 전부이기 때문이다. 본인이 소속된 세상이 불안정하다면 정서적인 결핍을 느끼게 된다. 부부간의 말다툼이나 갈등은 안정된 환경에서 성장하는 것을 방해할 수 있다. 부부간의 갈등은 자녀의 행동 및 태도에 영향을 미칠 수밖에 없다. 자녀는 부모를 통해 모든 것을 배우기 때문이다. 부모의 갈등이 지속될 경우, 자녀는 이를 자연스럽게 모방하여 공격적인 행동을 유발할 수도 있다는 것을 명심하자.

　호기심 가득한 눈으로 세상을 바라보며 알아가고 배우는 것이 아이들이다. 내가 속해있는 세상(가정)은 안전하고 행복한 곳이라는 것을 보여주어야 한다. 아이를 잘 키우고 싶다고 말하면서 부부 갈등의 모습을 보여준다는 것은 앞뒤가 맞지 않는 이야기이다. 부모가 안정감을 주지 못하면서 자녀가 잘 자라주기를 바란다는 것은 어불성설이다. 아이가 잘 자라주길 바란다면, 부부관계가 좋아야 한다. 행복한 모습을 보여주며 안정감을 주는 것이 먼저다. 내아이가 긍정적이고 행복한 사람으로 자라길 바란다면 부부가 행복한 모습을 보여주어야 한다는 것을 잊지 말자.

심리학자 대니얼 골먼, 지능 연구의 대가 피터 샐러비의 책《영혼이 단단한 아이의 비밀 정서지능》에서는 "공부보다 중요한 정서 교육, 부모만이 오롯이 줄 수 있는 선물이다."라고 말한다. 자녀를 잘 키우고 싶다면 정서적 지능에 집중해야 한다. 정서적 지능은 학원에 보낸다고 길러지는 것이 아니다. 아이를 가장 잘 아는 부모만이 정서지능 발달에 노움을 줄 수 있다. 정서지능이 높아야 학업성취도 또한 높다. 정서지능이 높아야 성공적인 인간관계를 맺을 수 있다. 이토록 중요한 정서지능을 높이는 것에 가장 중요한 조건이 부부관계이다. 부부가 서로 배려하고 사랑하는 모습을 보여주자. 이러한 모습을 보고 자라는 자녀는 소속감과 행복감을 느끼게되고 안정감 속에 정서적 지능이 높아질 것이다. 성공적인 자녀 교육을 원한다면 행복한 부부관계가 첫 시작임을 잊지 말자.

남녀가 만나, 결혼을 하는 것은 아이를 키우기 위해서가 아니다. 자녀 중심의 생활이 아닌, 부부 중심의 생활이 되어야 한다. 자녀를 위해 부모는 무조건 희생해야 한다는 생각을 버려야 한다. 본인을 위해 희생만 하며 사는 부모를 보면 자녀의 마음도 편하지만은 않을 것이다. 희생이 아닌, 집착이라 느끼고 답답함을 호소할 수도 있다. 자녀를 키우는 것에 모든 것을 쏟아붓기 전에 행복한 부모의 모습을 보여줄 수 있도록 노력하는 것이 먼저이다.

행복한 부모의 모습을 보고 자란 아이는 본인의 삶에 집중하며 부모와 함께하는 시간을 즐거워한다. 부모의 모습을 닮아가려 한다. 정서지능이 높고 긍정적인 사고로 실패를 두려워하지 않는다. 또한 행복한 부모의 모습을 보고 자란 아이는 이렇게 이야기한다.

"나는 엄마, 아빠가 여전히 서로 사랑하는 모습을 보면 행복해. 그래서 엄마, 아빠랑 이야기하는 것이 좋고, 내가 해야 하는 일에도 집중할 수 있는 것 같아. 다른 친구들은 집에 가기가 싫다는데 나는 집에 오는 것이 너무 즐거워. 나도 나중에 결혼하면 엄마, 아빠처럼 행복한 부부의 모습을 내 아이에게 보여줄 거야."

아이에게 위와 같은 말을 듣고 싶은가? 부모를 보면 아이가 보인다. 부모는 아이의 거울이다. 아이는 부모의 등을 보고 자란다. 긍정적이며 행복한 아이, 정서지능이 높아 학업 성취도도 높은 아이. 이러한 아이로 키우고 싶다면 부부관계에 먼저 집중하자. 가장 가까이에서 우리를 보고 자랄 아이에게 어떤 부부의 모습을 보여주고 싶은가? 행복하고 서로 사랑하는 부부의 모습, 갈등을 겪으며 서로 험담하는 부부. 이 두 가지 유형의 부부 중 어떤 부부상을 원하는가? 선택은 당신의 몫이다. 올바른 선택을 하는 현명함이 당신에게 있길 바란다.

제 2 장

정답 없는 자녀교육,
해답은 있다

황 소 영

1

자녀교육 챙기기 전에,
부모 마음 먼저 챙기자

나는 청소년 진로교육 전문 강사와 심리 상담 전문가로 일하고 있다. 지난 수년간 학생들과 부모들을 만나면서 얻은 깨달음이 있다. 세상에 완벽한 부모는 없다는 것이다. 그저 부모가 자신에게 주어진 삶을 잘 살아가는 모습을 보여주는 것만으로도 충분하다. 아이는 아이에게 주어진 삶을 부모는 부모에게 주어진 역할을 하며 살면 되는 것이다.

초등학교 4학년 딸아이를 둔 어머니를 상담한 적이 있다. 그녀의 걱정은 딸이 너무 소극적이어서 친구들과 잘 어울리지 못하고, 자신이 해야 할 일을 제대로 하지 않는다는 것이었다. 대다수 부모들이 상담을 오면 그녀와 비슷한 고민을 이야기한다. 자녀에게 문제가 있으니 해결책을 찾아야 한다고.

부모들이 말하는 것처럼 정말 아이들만의 문제일까? 나는 아이를 만나고 그녀와 다시 이야기를 나누면서 이 가정의 가장 큰 걸림돌은 부부관계라는 걸 알게 되었다. 그녀에게 가족은 딸과 친정 부모뿐이었다. 남편은 그녀와 맞지 않은 사람으로 집에서는 거의 투명 인간이나 다름없는 존재였다.

그녀에게 지금 행복한지, 결혼 생활의 만족도는 어떤지 물었다. 그녀는 아이만 있으면 결혼 생활의 불행함은 아무것도 아니라고 했다. 고학년이 된 아이를 잘 보살피기 위해 다니던 직장까지 그만두었지만, 남편과의 관계 회복은 아이와 별개의 문제라고 생각하고 있었다. 그녀에게 다시 물었다.

"만약 딸아이가 커서 지금 엄마의 모습과 같은 결혼 생활을 하고 있다면 어떻게 하실래요?"

그녀는 아무 말도 하지 못했다. 아이를 잘 키우고 싶다면 부부관계 회복이 먼저다. 상담이 회기를 거듭하면서 그녀는 조금씩 자신의 문제를 받아들였다. 3개월이라는 시간이 지날 무렵 그녀는 드디어 남편과 함께 상담에 참여했다. 아이를 잘 키우고 싶다는 공통의 관심사를 가지고 부부가 노력하는 모습을 보였다. 저녁이면 가족이 모두 모여 식사를 하고, 주말이면 함께 나들이를 갔다. 정서적으로 안정된 아이를 키울 수 있는 첫 단추를 채운 것이다.

부모의 생활양식이나 가치관은 아이에게 큰 영향을 미친다. 부모의 감정은 아이에게 그대로 전달된다. 특히 아이가 어릴수록, 우울, 화, 불안과 같은 부정적인 감정은 더 잘 전달된다. 그래서 자녀문제로 온 부모님들과 상담 초반에 하는 작업 중 하나가 나는 어떤 사람인가? 나는 지금 행복한가? 나는 어떻게 살아왔는가? 등의 '자기이해'의 시간이다. 많은 부모가 '자식걱정'을 하면서 정작 부모인 자신은 돌보지 않는다. 하지만 자식을 잘 키우기 위해 먼저 수반되어야 하는 것은 부모의 마음 챙김이다.

공부를 안 하는 아들 때문에 고민하는 아버지를 상담한 적이 있다. 교사로 재직 중이던 그 아버지는 고등학생인 아들을 도대체 이해할 수가 없다고 했다. 나는 그와 아들을 이해하기에 앞서 먼저 아버지 자신의 삶을 되돌아볼 수 있는 시간을 가졌다. 그는 어려운 집안 형편으로 어쩔 수 없이 공고를 가게 되었다. 하지만 독하게 마음먹고 부모의 도움 없이 혼자 공부해서 지금의 교감 자리까지 오게 되었다. 그는 아들에게 자신의 어려웠던 시간을 물려주고 싶지 않아 늘 부족함 없이 아낌없는 지원을 했다. 하지만 아들은 아버지의 기대에 부응하지 못하고, 성적은 늘 하위권에 머물러 있었다.

어린 시절 부모에게 아무런 지원을 받지 못하고 고생했던 시간이 그의 마음속 깊은 곳에 상처로 자리 잡고 있었던 모양이다. 그 상처를 제대로 보듬어보지 못했기에 아이의 행동에만 문제가 있다고 생각한 것이다. 고생하며 자랐던 자신과 지금의 아들은 분명 다른 사람, 다른 상황인데 똑같은 잣대를 가지고 아이를 바라보고 있으니 아이는 아이대로, 아버지는 아버지대로 서로 많이 힘들었던 것이다.

부모의 어릴 적 상처가 그대로 자녀 교육에 부정적인 방향으로 전달된 것이다. 치유 받지 못한 내면 아이 때문에 불안한 감정이 생기고, 그것을 인지하지 못한 상태로 아이에게 그대로 투영된 것이다.

부모의 불안한 내면 아이가 그대로 투영되어 힘들어하던 또 다른 친구가 있었다. 그녀는 아이를 데리고 나가면 아이가 실수할까 봐 늘 불안하다고 했다. 아이가 초등학교에 입학하면서 불안은 더 높아졌다. 도대체 뭐가 문제야. 누굴 닮아서 이렇게 조심성이 없는 걸까 늘 아이에게 잔소리를 달고 살았다고 한다.

그녀는 상담 공부를 하면서 중학교 때 자기 잘못이 아니었지만, 친구들 앞에서 선생님께 야단을 맞았던 기억이 상처로 남아 있다는 것을 알게 되었다고 한다. 실수에 대한 친구의 불안이 고스란히 아이에게 향하고 있었다.

이처럼 부모의 불안, 결핍, 상처는 자녀 양육의 방향을 부정적으로 바꿀 수 있다. 심리학자인 아들러(Alfred Adler)도 부모의 어린 시절의 경험이 자녀 양육에 영향을 미친다고 말한다. 부모가 자신의 가치나 능력에 대해 불안정한 경우, 아이의 행동에 대해 지나치게 통제적이거나 비판적인 태도를 취할 수 있다. 또한 부모는 자신의 어린 시절 경험을 통해 자녀에게 제공하는 지원과 관심의 정도가 결정될 수 있다.

해결되지 못한 부모의 불안이나 걱정, 어릴 적 상처는 자신도 모르게 자녀 양육과 자신의 삶에 영향을 미친다. 세상에 완벽한 인격을 갖추고 상처 하나 없는 부모는 없을 것이다. 하지만 그렇다고 해서 모두 자녀를 힘겹게 키우고 있지는 않는다. 과거의 자신을 잘 들여다보고, 마음 챙김을 잘하여 아이에게 좋은 영향을 주며 훌륭하게 키워내는 부모도 많다.

아이가 잘못한 행동을 보일 때 어떤 날은 화를 내고, 어떤 날은 그냥 넘어가기도 한다. 너그럽게 넘어간 날을 생각해 보자. 틀림없이 그런 날은 부모에게 마음의 여유가 있었던 날일 것이다. 아이가 사랑스럽게 보일 때는 바로 양육하는 부모가 힘이 날 때다. 아이는 변하지 않았다. 아이들을 바라보는 부모의 시선이 달랐을 뿐이다.

아들러(Alfred Alder) 심리학에 기초를 둔 부모 교육에서도 행복한 훈육(Happy Discipline)은 행복한 부모로 거듭날 때 가능하다고 말한다. 행복한 부모로 거듭난다는 것은 자신이 자신의 삶을 만족스럽게 느끼는 주관적인 심리상태를 경험하는 것이다. 좋은 부모가 되고 싶다면, 아이가 이상행동을 보였을 때 그 행동을 탓하기 전에 부모인 자신의 마음이 어떤지 확인해 보자. 부모의 마음 챙김은 부모인 자신의 삶뿐만 아니라 자녀의 건강하고 행복한 삶의 열쇠다.

2

내 아이의 기질과 성격을 알아야
양육방법이 보인다

"아이가 학교에 가는데 양말을 흰색과 검은색 짝짝이로 신고 나
간다고 하면 어떻게 하실래요?"

부모 교육 강의를 할 때 단골로 하는 질문이다. 이 질문 하나로
그날 모인 부모님들의 성향이 대충 파악이 된다. 당장 바꿔 신겨서
학교를 보내야 한다는 부모, 마음에 들지는 않지만, 그냥 보낸다
는 부모, 그럴 수도 있다면서 아이의 의견을 존중해 주는 부모 등
다양한 의견이 나온다. 하지만 아직도 대략 70% 정도는 안 된다는
의견이 많다.

짝짝이 양말을 신고 싶어 하는 아이의 개성과 취향은 존중되어

야 한다. 아이들은 각자 다른 기질적 특성을 지니고 태어난다. 생물학적인 기질은 잘 바뀌지 않는 특성이 있다. 그러나 생물학적인 기질은 어떤 환경과 어떤 상호작용을 하느냐에 따라 다양한 성격으로 발현된다. 즉 기질은 타고난 생물학적인 특성이고, 성격은 이러한 기질과 다양한 환경적 요소의 결합으로 형성된다.

기질에 대한 대표적인 연구자 중 발달심리학자인 알렉산더 토마스(Alexander Thomas)와 스텔라 체스(Stella Chess)는 아이의 기질을 순한 기질, 까칠한 기질, 느린 기질 세 가지로 분류했다. 순한 기질은 환경에 대한 적응력이 높고, 부모가 양육하기 쉬운 유형이다. 까칠한 기질은 낯선 환경에 민감하고, 반응이 불규칙한 유형이다. 느린 기질은 반응이 느리고 낯선 환경에 적응력이 낮은 유형이다. 언뜻 보기에 까칠한 기질과 느린 기질은 다소 부정적으로 보일 수 있다. 하지만 기질과 성격은 좋고 나쁨이 없다.

중요한 것은 아이가 자신의 기질적 특징을 부정적으로 인식하지 않고, 조절할 수 있다면 건강한 자아로 성장할 수 있다는 점이다. TCI심리검사를 고안한 클로닝거(C. Robert Cloninger)는 타고난 기질은 있는 그대로 수용해 주어야 개인이 행복해질 수 있다고 말한다. 어릴 때부터 기질을 잘 살펴 양육하는 것은 건강한 성격특성으로 바뀔 수 있는 기회를 제공한다.

초등학교 1학년 아들 때문에 고민인 어머니를 만난 적이 있다.

아이가 학교에 입학하고 난 뒤 선생님께 혼나는 횟수가 점점 많아지더니 급기야 선생님이 병원 치료를 권유하셨다고 한다. 아이는 운동장에서 뛰어놀기를 좋아하고, 학교 가는 길에 고양이가 있으면 고양이를 보느라 시간 가는 줄 모르고, 친구들을 좋아하는 밝은 아이였다. 다른 한편으로 아이는 선생님이 내주는 숙제를 잊어버리기도 했다. 친구들이랑 노느라 종종 수업 종이 치고 난 뒤에, 교실에 들어가기도 했다.

나는 아이를 만나고 나서 많은 생각을 하게 되었다. 선생님이 권유한 것처럼 당장 ADHD 약을 먹어야 할 아이로 보이지 않았기 때문이다. 그래서 아이가 가지고 있는 기질과 성격의 강점과 약점을 파악하여, 아이를 이해할 수 있는 계기를 마련하고자 했다.

아이가 가진 특성은 다음과 같다.
· 친구들을 도와주려는 마음이 크고 정이 많다.
· 융통성이 많고 개방적이다.
· 호기심이 많고, 엉뚱한 면이 있다.
· 놀이를 창조적으로 잘한다.
· 물건을 잘 잃어버린다.
· 세심한 기억력에는 부족함이 있다.
· 약속 시간을 잘 못 지키고, 즉흥적인 성향이 있다.

아이가 가진 이런 특성들이 부정적인 영향을 받지 않고, 긍정적인 방향으로 성장할 수 있도록 함께 목표를 세우고, 작은 성취감을 느낄 수 있는 장치들을 마련했다.

1) 약속 시간을 지키기 위해 스마트폰에 여러 개의 알람을 설정하기
2) 정리함, 정리 요일, 정리 장소를 정해 규칙을 지킬 수 있는 환경 만들기
3) 아이가 충분하다고 느낄 수 있을 만큼의 놀이 시간을 제공하기

아이의 자율성을 존중하면서 아이가 2학년이 될 때까지 6개월만 더 지켜보기로 했다. 그 결과, 아이는 학교에서 야단맞는 횟수가 점차 줄어들었고, 학년이 바뀌면서 아이와 잘 맞는 담임선생님을 만나 학교생활을 즐겁게 하고 있다.

아이를 어떻게 키워야 할지 고민이 될 때, 기질을 이해하면 보다 구체적인 대안을 제시할 수 있다. 부모와 기질과 자녀의 기질을 잘 이해하여 조화를 이루는 것이 중요하다. 아이에게 부모에게 맞추라고 요구하는 것이 아니라, 부모가 아이에게 맞추어 나가는 태도가 필요하다.

부모 상담을 업으로 하는 나 역시 딸을 키우면서 기질의 중요성을 깨달은 경험이 있다. 아이가 어렸을 때 나는 늘 소심한 딸이 걱정이었다. 같이 햄버거를 먹으러 간 적이 있었는데 점원에게'콜라

리필해주세요.'란 말조차 못 할 정도였다. 그게 그렇게 어려운 일인가 싶었다.

나는 내성적인 성격을 바꾸고 자신감을 키운다는 명목으로 나는 아들과 딸을 캠프나 외부 활동을 많이 시켰다. 한 번은 6박7일짜리 퀀텀 캠프를 보냈는데. 아들은 물 만난 고기처럼 첫날부터 적응력 갑이었지만, 딸은 캠프 안 가고 싶다고 투정을 부렸다. 이때 까지만 해도 딸의 기질을 제대로 이해하고 받아들이지 못하고, 걱정이 앞섰다.

상담을 공부하면서 우연히 참석한 MBTI 워크숍에서 딸과 같은 성격 유형의 학교 선생님을 만났다.

"저는요, 신학기만 되면 가슴이 두근거려요. 또 어떤 아이들을 만나게 될지, 잘 적응할 수 있을지."

선생님의 이 말을 들으며, 기질이나 성격은 어른이 되어도 쉽게 변하기 어렵다는 것을 깨닫게 되었다. 그 순간 딸에게 미안한 마음이 들었다. 얼마나 힘들었을까? 아이의 마음을 제대로 이해하지 못하고 나의 기준으로 아이에게 강요했던 것이 후회가 되었다. 지금 아이는 필요한 곳에서는 자기 의견을 어느 정도 표현할 줄 아는 아이가 되었다. 대학에 다니면서 다양한 경험을 통해 자신에게 필요한 부분을 스스로 채워나간 것이다.

나의 양육 과정과 부모 상담을 통해 몇 가지 중요한 것을 알게 되었다. 아이를 기질대로 잘 양육하기 위해 부모가 생각해 봐야 할 부분이 있다.

첫째, 모든 아이를 똑같이 대하지. 말아야 한다. 평등과 공평은 다르다. 자녀의 유형 발달에 장애가 될 수 있는 요소를 민감하게 관찰해야 한다. 부모는 모든 자녀에게 동일한 것을 제공하기보다는, 아이의 개성과 필요에 맞는 적절한 지원을 해야 한다. 나의 아들과 딸도 서로 다른 유형이었기 때문에, 각각 다른 양육 방식과 태도가 필요했다.

둘째, 부모와 자녀의 생활 방식, 가치관 등에서 유사성과 차이점을 인식해야 한다. 부모는 자신의 가치관과 생활방식을 이해하고, 동시에 자녀의 가치관과 생활방식을 존중해야 한다. 시중에 잘 알려진 MBTI 검사나 TCI 검사를 자녀와 함께 받아보는 것도 서로를 이해하는 좋은 방법이 될 수 있다. 각 지역 가족센터나 청소년 상담복지센터를 통해 무료 검사와 상담을 받을 수도 있다.

양육자인 부모의 기질과 자녀의 기질을 이해하고, 이를 조화롭게 맞추어 나가는 것이 아이가 건강하고 행복하게 자라는 지름길이다. 아이에게 부모에게 맞추라고 강요하기보다는, 부모가 스스로 아이에게 맞추는 노력을 기울여야 한다.

3

아이의 사춘기,
부모 성장의 기회로 삼아라

"선생님 도대체 저희 아이 왜 이러는 걸까요?"

사춘기 자녀를 둔 부모님들이 상담실을 찾을 때 자주 하는 질문 중 하나이다. 중1 아이의 반항과 일탈 행동에 충격을 받아서 잠도 못 자고 모든 생활이 엉망이 되어, 신경정신과 약을 복용하면서 상담을 온 어머니가 있었다. 그녀의 이야기에 따르면 아이는 초등학교 때까지만 해도 말도 잘 듣고 공부도 곧잘 했다고 한다. 그런데 아이가 중학교 올라가면서 나쁜 친구들과 어울리며 학교에서 일탈 행동을 보이기 시작했다는 것이다.

나는 그녀의 마음을 백번 이해한다. 사춘기 또래 남자아이들의 흔한 특징이기 때문이다. 나도 아들을 키울 때 비슷한 경험을 했다. 처음에는 나도 아들을 도무지 이해할 수 없었다. 한 번은 담임 선생님께 어머니 아이가 문제가 있는데 어머님 말고 아버지가 오셔야 할 것 같다는 전화를 받은 적도 있었다. 교내에서 친구들과 불장난을 한 것이었다.

또 한 번은 관내 파출소에서 연락이 온 적도 있다. 아들과 친구들 몇몇이 슈퍼에서 물건을 훔치다가 주인에게 걸렸던 것이다. 하던 일을 멈추고 남편과 헐레벌떡 파출소로 향했다. 들어가기 전에 남편과 약속했다. 아이에게 화내지 않기로. 아들을 본 나의 첫마디는 "아들 놀랐지?"였다. 이 한마디가 아들과의 관계를 더욱 가까워지게 만들었다.

슈퍼 사장님은 아이들에게 그럴 수도 있다며 용서해 주셨다. 하지만 아이들이 자신의 잘못된 행동을 깨달을 수 있도록 일주일 동안 학교가 끝난 후 슈퍼 앞에서 두 시간씩 서 있으라고 하셨다. 아들의 파란만장한 일탈은 중학교 3학년 1학기 말 즈음부터 잦아들기 시작했다.

그 후 아들은 고등학교 입시를 앞두고 학원을 보내달라고 하면서 공부를 시작했다. 금방 성적이 오르지 않아 친한 친구들이 가는 고등학교에 진학할 수 없어서 아쉬워했지만, 진학 후 학교생활에 잘 적응하며 특별반에도 들어갔다. 스스로 진로를 정하고 부산의 모 대학 간호학과에 입학했다. 이제는 졸업하고 간호사로 근무하고 있다. 아들의 꿈은 2년 간호사로 일한 뒤 소방 응급구조사가 되는 것이다. 소방관 정복을 입은 멋진 아빠가 되고 싶다고 한다.

사춘기 아이의 일탈은 아이가 발달 단계에 맞춰 잘 성장하고 있다는 것이다. 청소년기 아이들의 뇌는 리모델링이 한창이다. 리모델링하는 집을 상상해 보자. 뼈대만 남겨 놓고 엉망이 된 집도 있다. 어떤 집은 그 뼈대까지 바꾸기도 한다. 이 과정을 통해 집은 더 살기 좋은 곳으로 탈바꿈한다. 하지만 이때 리모델링 공사 업자를 잘 못 만나면 어떻게 될까? 말 안 해도 알 것이다. 부모의 역할은 바로 이 리모델링 업자와 같다.

인간의 뇌는 3층 구조로 되어 있다. 첫 번째 층은 뇌간으로 생존을 위해 필요한 기본적인 기능을 담당하며, 엄마의 배 속에서 완성된다. 이를 '파충류의 뇌' 또는 '생존의 뇌'라고 부른다. 두 번째 층은 변연계로 '포유류의 뇌' 또는 '감정의 뇌'라고 하며 아동기, 사춘기에 왕성하게 발달한다. 이 층은 기억, 감정, 식욕, 성욕을 주관한다. 세 번째 층은 전두엽으로 말과 글을 배우고, 생각하고, 판단하는 사고를 담당하며 '사고의 뇌' 또는 '영장류의 뇌'라고 불린다. 이 층은 대개 11세에서 12세쯤 완성된다.

사춘기가 시작되면서 전두엽은 대대적인 리모델링이 이루어진다. 이때는 이성적인 사고가 힘들어지고 아이들의 뇌는 다시 1, 2

층으로 내려가기도 하면서 어른들과 소통이 단절될 수 있다. 이 시기에는 충동적이고 감정을 절제하지 못하며, 내 아들처럼 과감한 행동을 보이기도 한다. 이러한 뇌의 리모델링은 남자는 27세, 여자는 24세 전후로 완성된다.

아이들도 왜 그런 행동들을 하는지 잘 모를 때가 많다. 그래서 이 시기를 '이유 없는 반항의 시기'라고 하기도 한다. 아이들은 먼 미래의 자기 모습보다는 친구들과 시간을 보내는 것을 더 중요하게 생각한다. 이 시기에 부모가 부정적으로 반응할수록 아이는 부모와 더 멀어질 수밖에 없다. 이때부터는 아이와 물리적, 심리적 거리 두기가 필요해진다. 아이의 행동 하나하나에 간섭하기보다는 아이를 믿고 기다려주는 것이 필요한 시기다.

내가 13년 동안 청소년들을 만나면서 배운 게 하나 있다면 아이들은 부모의 믿음의 크기만큼 자란다는 것이다. 서두에 언급했던 문제 행동의 그 아이는 어떻게 되었을까? 상담이 10회기를 넘어가면서 아이도 엄마도 조금씩 회복되어 자리를 잡아갔다. 엄마는 아이에게 엄마도 처음이라 '엄마 공부'가 필요했었다고 말하며 진심을 전했다. 매주 아이와 함께 과제를 수행하면서, 모든 행동을 통제하던 엄마는 아이가 스스로 선택하고 책임을 질 수 있도록 기회를 주는 엄마로 변화했다. 아이는 자신의 의지와 상관없이 다녔던 학원을 잠시 쉬기로 하면서 엄마와 새로운 관계 맺기를 시작했다.

얼마 전 채널A에서 방영되는 〈티쳐스〉라는 프로그램을 잠깐 본 적이 있다. 아버지와 학업갈등으로 외고에 다니는 고등학교 2학년 아들이 나왔다. 아버지는 아들에게 자신의 스타일대로 공부할 것을 강요하고 아이가 성적이 오르지 않자, 아이에게 화를 내고 다그치기를 반복했다. 그 아이에게 아버지는 그냥 무서운 존재였고, 피하고 싶은 존재였다.

"아빠가 널 사랑하는 건 알지?"

"느끼지는 못하는데 알고는 있어요."

이들의 대화를 들으며 패널들이 내린 솔루션은 아버지가 아이의 학습의 통제권을 완전히 내려놓고 자기 주도적으로 공부할 수 있는 기회를 만들어 주는 것이었다.

어려서 스스로 문제를 해결하면서 자존감을 키우지 못한 아이들이 사춘기에 접어들면서 갑자기 문제가 증폭되는 경우가 종종 있다. 이런 경우 부모가 통제적으로 도덕적인 잣대를 들이대며 아이와 맞서 싸우게 되면 오히려 폭발적인 갈등 관계로 이어질 수 있다. 다시 말하지만 이럴 때 중요한 건 기다려주면서 아이들을 관찰하는 것이다. 그리고 아이를 있는 그대로 인정해야 한다.

아이들은 부모의 믿음의 크기만큼 자란다는 것을 잊지 말자. 영유아기나 초등학생 때 여러 가지 어려움으로 제대로 된 애착관계를 형성하지 못했다면, 뇌가 리모델링되는 청소년기가 다시 관계를 맺을 좋은 기회다. 이전에 맺은 불안정 애착이 좋은 관계 맺기를 통해 안정애착으로 변할 수 있다. 이는 아이가 건강한 어른으로 자라는 초석이 된다.

사춘기는 아이가 건강한 어른으로 성장하기 위한 중요한 단계이다. 더불어 이 과정은 부모도 함께 부모로서 성숙해지는 기회의 장을 제공한다. 사춘기 자녀로 인해 마음 앓이를 하고 있다면 부모에게 새로운 기회가 왔다는 신호이다. 이 신호를 놓치지 말자.

4

아이와 소통, 간섭과 개입의 차이를
먼저 알아야 한다

얼마 전 저녁 7시에 부모교육 강의를 한 적이 있다. 참석하신 부모님들에게 자녀 양육에서의 어려움과 가장 자신 있는 것은 무엇인지 물어보았다. 퇴근 후 휴식을 반납하고 교육에 참여한 부모들답게 잘하고 있는 부분이 많았다. 아이와 시간 보내기, 아이가 규칙적인 생활을 할 수 있도록 돕기, 아이가 부족함 없이 자랄 수 있는 환경 만들기, 잘 먹이기 등 다양한 이야기가 나왔다. 그중 한 아버지가 속상한 마음을 토로하며 이런 질문을 하셨다.

"선생님, 저는 아이들에게 아재 개그도 잘하고, 시간도 많이 보내는 편입니다. 그런데 어느 순간부터 아이들이 저를 꼰대 취급을

합니다. 아이들이 제대로 된 길로 갈 수 있도록 가이드를 하는 것이 부모의 역할이 아닌가요?"

옆자리에 앉아 있던 아내는 남편의 가이드는 남편의 생각을 강요하는 것이라고 하면서 한마디 거들었다. 치열한 경쟁 사회 속에서 40대 가장으로 살아남기 위해 성실히 살아왔고, 아이들을 좀 더 고생하지 않고 자라게 하고 싶은 마음은 충분히 이해된다. 하지만 자녀의 인생 설계를 부모 마음대로 할 수는 없다.

아이들에게 제대로 된 가이드를 하고 싶다면 그 시작은 간섭과 개입의 차이를 명확히 아는 것부터다. 간섭과 개입은 비슷한 맥락을 가지고 있지만, 아이들에게 미치는 영향은 차이가 크다. 일반적으로 간섭은 부모나 어른이 아이의 의사와는 상관없이 아이의 행동, 생각, 의사결정에 관여하는 것으로, 아이가 스스로 자신의 문제를 해결할 수 있는 기회조차 주지 않는 것을 말한다. 반면 개입은 어떤 문제나 곤란한 상황이 생겼을 때 부모로서 자녀를 지원하고 도와주는 것으로, 아이가 스스로 의사결정을 할 기회를 주는 것이다. 우리는 아이들을 잘 키우고 싶다는 바람으로 간섭과 개입의 경계를 넘나들고 있다.

나는 매년 중고등학생들의 진로 진학 상담, 컨설팅 의뢰를 받아

많은 학생을 만난다. 아이들과 진로와 학업에 관한 이야기를 듣다 보면, 부모님의 통제와 간섭으로 자율성을 빼앗기고 있다고 느끼는 아이들을 종종 보게 된다. 그런 아이들 중에는 자존감에 상처를 입고 학업에 대한 흥미를 잃어버리는 경우도 있다.

최근에 만난 아이가 그랬다. 통역사를 꿈꾸고 있으며 자신의 진로에 대해 진지하게 고민하는 똑똑한 중학교 2학년 아이였다. 주도적으로 학교생활을 하고, 친구들과의 교우관계도 좋았다. 근처에 있는 외국어고등학교에 대한 정보도 제공해 주고, 기특한 아이라 칭찬도 듬뿍 해주었다. 나의 칭찬에 아이는 엄마는 그렇게 생각하지 않는다며 난색을 보였다. 열심히 하는 이 아이에게 엄마는 정말 이해할 수 없는 존재로 자리 잡고 있었다.

"엄마는요 제가 늘 모자라나 봐요. 하루도 빠짐없이 아침 잔소리를 시작으로 하지 못하는 것만 찾아서 이야기해요." 아이는 이렇게 말하며 눈물을 보였다. 엄마는 이 아이가 아침에 일어나는 것부터 학교를 마치고 학원에 다니는 것까지 모든 것을 통제하고 싶어 했다.

아이에게 바라는 것이 무엇이냐고 물었더니, "엄마가 나를 좀 이해해 주고 내 이야기를 들어주었으면 좋겠어요."라고 대답했다. 아이의 이런 마음을 어머니에게 전달하고 싶어 남은 상담은 어머니와 함께하기로 했다.

어머니는 상담의 시작부터 아이가 너무 늦게 일어나고, 학원 숙제도 제대로 안 해 가는 날이 많다며 아이에 대한 불평, 불만을 쏟아냈다. 아이가 현재 가지고 있는 생각과 감정에 대해 말씀드렸으나, 어머니는 예전에는 더 힘들게도 살았는데, 책임감 있는 아이로 키우기 위해서는 어쩔 수 없다고 하셨다. 어머니는 아이가 시험이 코앞이라 학원 스케줄 때문에 더는 상담이 어려울 것 같다고 하셨고, 안타깝게도 상담은 그대로 종결되었다.

두 분의 부모님 모두 아이를 사랑하는 마음은 진심일 것이다. 아이에게 좋은 것만 해 주고 싶은 것은 모든 부모가 가지는 당연한 마음이다. 아이에게 이런 부모의 마음을 잘 전달하기 위해 우리는 마음과 마음을 주고받는 소통이 필요하다. 소통을 위해 가장 중요한 것은 잘 들어주기다. 학교 공부 때문에 힘들다는 아이에게 충고는 금물이다.

딸아이가 고등학교 때 웹툰 관련학과 진학을 준비하면서 하소연을 한 적이 있었다. 나는 현실적인 조언을 먼저 했다. 그러자 딸은 나에게 이렇게 말했다.
"엄마, 내가 지금 뭘 해결해 달라고 하는 게 아니잖아? 그냥 내 이야기 좀 들어달라는데 그게 그렇게 힘들어?"
"엄마가 미안해. 또 앞서 나간다. 그렇지?"
딸이 나에게 필요했던 건 힘든 마음을 좀 공감해 달라는 것이었다. 머리로는 이해하지만, 마음으로 이해하기 어려운 것이 바로 '공감'이다. 이는 아이의 입장과 부모의 입장이 다르기 때문이다.

아이가 안 좋은 상황에 부닥친다면 부모의 마음은 어떨까? 부모로서는 먼저 아이의 어려움을 해결해 주고 싶은 마음이 생길 것이다. 이럴 때 부모는 한발 물러나 자신의 걱정되는 마음만 전달하면 된다. '엄마가 많이 걱정되는데, 엄마 도움이 필요하면 언제든지 말해줘.'라고 말이다. 아이가 스스로 해결할 수 있는 시간을 충분히 주고 기다려보자. 그리고 아이가 도움이 필요하다고 하는 순간이 오면 아이에게 도움의 손길을 내밀면 된다.

소통이란 아이의 마음을 잘 살피는 것부터 시작된다. 오늘 아이에게 한번 물어보자. '요즘 네 마음이 어떠니? 엄마가 궁금해서.' 처음엔 무슨 엉뚱한 소리냐고 아이가 반문할 수도 있겠지만, 나중엔 엄마가 전적으로 내 편이라는 걸 자각하는 순간이 올 것이다.

어려서부터 마음을 잘 전달받고 표현하는 데 능숙한 아이는 세상을 살아가면서 부딪히는 난관이 있을 때마다 포기하지 잘 극복해 나갈 것이다.

5

자녀는 부모의 모습을
그대로 비추는 거울이다

　자녀를 행복하고 건강하게 키우고 싶다면 부모로서 우리는 무엇을 해야 할까? 대다수의 부모는 아이에게 적절한 교육환경을 제공하고, 주말이면 함께 밖으로 나가서 다양한 체험활동을 하거나, 여행을 다니며, 아이의 다양한 관심사를 지원한다. 하지만 이런 노력이 간혹 아이에게 부정적인 영향을 미치기는 경우가 있다.

　학부모와 청소년 상담을 하다 보면, 부모가 기대하는 아이들의 모습과 아이들의 바람은 많이 다르다는 생각이 든다. 몇 해 전, 초등학교 6학년 자녀를 둔 학부모와 상담이 이런 경우다. 내담자는 중학교 입학을 앞둔 딸이 도통 공부에는 흥미가 없고, 자기 할 일을 제때 하지 않는다며 걱정 가득한 얼굴로 나를 찾아왔다. 도대체 어디서부터 잘못된 건지 모르겠다고 하소연하는 어머니에게 나는 "어머니는 아이가 어떻게 하면 좋을 것 같으세요?"라고 질문을 했다. "그야, 학교 다녀오면 숙제 바로 하고 책도 좀 읽고 공부도 잘하면 좋죠."라고 어머니는 대답했다. 모든 부모가 바라는 모습일 것이다. 어머니의 걱정대로 아이는 큰 문제를 가지고 있을까?

어머니와 계속 상담을 진행하려면 아이를 한번 만나보면 좋을 것 같아 아이를 한번 보고 싶다고 말씀드렸다. 상담실에 들어온 아이는 수줍음 많은 영락없는 13살 소녀였다. 나는 아이와 간단한 동적 가족화 검사를 실시했다.

동적 가족화(Kinetic Family Drawing) 검사란 가족화 검사에 움직임을 추가하여 만든 일종의 투사검사다. 무엇인가 활동하고 있는 가족 그림을 통해 가족 구성원 사이의 감정과 태도나 관계의 역동성을 파악하고 아이가 지각하고 있는 가족을 이해하는 그림 검사이다.

아이가 그린 그림은 아주 단순했다. 소파에 누워 핸드폰을 보고 있는 아빠, 방에서 핸드폰으로 드라마를 보는 엄마, 그리고 책상에 앉아 만화를 보고 그림을 따라 그리는 자신. 아이는 자신이 느끼는 가족을 그대로 그렸다. 아이에게 몇 가지 질문을 하고, 나는 아이의 문제가 아니라 부모에게 문제가 있다는 생각이 들었다. 어머니와 다시 만나 그림을 보여주며 어떤 생각이 드는지 물었더니, 어머니는 자신은 할 일을 하고 핸드폰을 보지, 아이처럼 할 일도 안 하고 핸드폰을 보지는 않는다고 항변하셨다. 어머니는 아이가 핸드폰으로 무엇을 보는지는 중요하지 않았다. 만화가를 꿈꾸고 있는 아이의 목소리에도 귀 기울이지 않고, 아이에게 공부를 강요했다. 그리고 방 밖에서 핸드폰을 보며 아이가 제대로 하는지 감시하고 있었다. 어머니와 상담을 진행하면서 아이는 부모의 생활방식을 그대로 따라 하고 있다는 것을 일깨워주려고 노력했다.

아이들의 행동, 가치관, 생활 태도의 9할은 부모의 몫이라고 할 수 있다. 아이들은 부모의 행동을 보고 그대로 배운다. 사회인지 심리학자인 알버트 반두라(Albert Bandura)가 3세에서 6세 아동을 대상으로 한 유명한 보보인형 실험이 있다. 이와 비슷한 실험을 〈EBS 다큐프라임 아이의 사생활〉에서 진행한 적이 있다. 아이들을 세 그룹으로 나눈 뒤 첫 번째 그룹에는 인형을 공격하는 모습을, 두 번째 그룹에는 인형을 사랑하고 보살피는 친절 행동을, 마지막 그룹에는 인형에게 무관심한 모습을 보여주었다. 잠시 후 공격모델을 본 아이 9명을 똑같은 방에 들여보내자 7명이 아까 본 모습 그대로 인형을 때리고 발로 차는 모습을 보였다. 친절 모델을 본 아이들은 옆에 장난감 칼이 있어도 사용하지 않고 7명 중 3

명이 행동을 그대로 모방했으며, 공격행동을 보인 아동은 한 명도 없었다. 세 번째 그룹 또한 6명의 아이 모두 인형에는 관심을 두지 않고, 다른 놀이를 했다. 단 한 명도 공격행동을 보이지 않았다.

아이들은 모델링 대상을 통해 다양한 행동과 가치관을 습득한다. 모든 아이가 그렇다는 것은 아니다. 하지만 부모는 자신의 생활방식이나 행동이 자녀에게 영향을 미친다는 것을 늘 염두에 두어야 한다.

잠시 거울을 들여다보자. 거기에는 내 모습도 있지만, 내 아이의 모습도 있다. 아이를 보면서 바꾸고 싶은 모습이 있다면 부모가 먼저 바꿔보자. 아이가 책을 잘 보길 원한다면 저녁 식사 후에는 아이와 같이 책을 읽어보자. 아이에게 책을 읽으라고 강요해서는 안 된다. '나도 하니까, 너도 해야지.'라는 생각은 아이와의 관계를 망치는 지름길이 된다. 그냥 부모가 책을 읽으며 즐기는 모습을 보여주는 것으로 충분하다. 하루 이틀 해보고 안 된다고 결론지으면 안 된다.

아이는 부모의 모습을 비추는 거울이라는 생각을 다시 번 하게 된 사례가 있다. 지나치게 깔끔하다는 생각이 드는 어머니를 만난 적이 있다. 그녀는 집안이 깨끗해야 마음이 놓이고, 늘 무엇인가 흘리고 다니는 남편이 불만이었다. 아이는 과자 하나를 먹을 때도 종이나 쟁반을 받쳐 놓고 먹을 정도로 어머니를 닮은 깔끔한 성격이라고 했다.

깨끗한 것이 문제가 되지는 않는다. 하지만 아이가 초등학생이 되어 이대로 학교에 다니게 된다면 친구들과의 놀이나 학교생활에서 지나친 깔끔 때문에 큰 스트레스를 받을 수도 있을 것이다. 실제 내가 만난 초등 5학년 남자아이는 하루에도 손을 스무 번도 넘게 씻고, 옷을 여러 차례 갈아입기도 하면서 스트레스를 너무 받아 학교생활에 지장을 받기도 했다.

나는 어머니에게 어머니가 가진 그 기준을 남편이나 아이에게 강요하지 말고, 더불어 자신의 기준을 다소 낮추어 생활해 보는 것을 권유했다. 아무리 좋은 습관이라도 너무 과하게 실천하는 것은 좋지 않다.

앞서 언급하였던 알버트 반두라의 사회학습 이론에 따르면 사람은 세 가지 방법을 통해 행동을 배운다고 한다. 첫 번째 방법은 언어를 통해 배우는 것이다. 대다수 부모가 자녀에게 말로 지시하거나 설명한다. 그러나 지나치게 말이 길어지다 보면 아이는 설명이 아니라 잔소리로 느낄 수도 있다. 두 번째 방법은 행동을 통해 배우는 것이다. 아이들은 부모의 행동을 자신도 모르는 사이에 자신의 습관으로 만들어 나간다. 세 번째 방법은 상징적인 모델을 통해서 배우는 것이다. 상징적인 모델은 방송매체의 연예인이나, 책의 주인공 등 다양한 대상이 될 수 있다. 아이들에게 많은 경험을 하게 해주는 것이 도움이 되는 이유 중 하나다.

세 가지 방법 중 가장 효율적인 방법은 무엇일까? 물론 행동으로 보여주는 방법이다. 아이들을 사랑한다면 말로만 하지 말고 직접 행동을 보여주자. 아침에 일어날 때, 학교에 등하교할 때 말로만 하지 말고 아이를 꼭 안아보자. 학교 행사가 있다면 적극적으로 참여해 보자. 그리고 함께 놀아주자. 완벽하지 않을지라도 아이들은 부모를 따라 행동할 것이다. 잊지 말자. 부모는 아이의 거울이라는 것을.

6

사춘기 아이의 관계문제
어떻게 현명하게 대처할까?

사춘기 아이들이 또래 관계를 잘 형성하는 것은 사회성 발달에 가장 중요한 열쇠가 된다. 아이들은 친구와의 상호작용을 통해 감정을 표현하고 이해하는 법과 서로 배려하고 존중하는 법을 배운다. 또한 갈등이나 문제 상황을 통해 적절한 대처 방법을 습득한다. 이렇게 아동기에 잘 습득된 대인관계 기술은 성인이 되기까지 삶 전반에 많은 영향을 끼친다.

또래 관계의 첫 단추는 부모와 건강한 상호작용에서 시작된다. 부모와의 긍정적인 관계를 통해 아이들은 친구와 새로운 관계를 잘 만들어 나갈 수 있다. 그러나 생각보다 부모와의 관계 형성이 잘되지 않는 경우가 많다. 이 첫 단추를 제대로 채우지 못해 어려움을 겪는 학부모님을 만난 적이 있다.

"선생님, 초1 아들 때문에 힘들어요. 늦둥이로 키워서인지 딸을 키울 때랑은 너무 달라요. 어디로 튈지 모르는 럭비공 같은 아이라서요."

이 어머니는 첫딸을 키우면서 딸과 함께 늦깎이 대학생이 되었다. 대학을 졸업하고 회계 관련 일을 하게 되면서 딸에게는 존경받는 엄마였다. 첫딸은 잘 커서 지금 자기 앞가림도 잘하고 있다고 한다.

문제는 늦게 시작한 공부가 늦둥이 아들이 엄마의 손길을 많이 필요로 하는 시기와 맞물려 있었던 것이다. 시간이 흘러 늦둥이 아들은 초등학교에 입학했고, 작고 사소한 문제들이 하나둘 생기기 시작했다. 1학년 말 때쯤, 선생님께 아이에 대한 부정적인 피드백이 담긴 전화를 받고 어머니는 마음이 더 급해졌다.

상담을 통해 아이의 어린 시절로 돌아가 그들이 함께 한 시간을 돌아보았다. 공부하는 엄마의 관심을 끌기 위해 아이는 엄마가 공부하는 책에 낙서하고, 책을 찢기도 했었다고 한다. 그 장면을 떠올리며 엄마는 그때 아이가 엄마에게 보낸 신호를 제대로 알아차리지 못했음을 깨닫고 아이에게 미안한 마음이 든다고 했다.

어머니가 느낀 이 미안함이 새로운 관계를 만드는 시발점이다.

나는 어머니에게 아이와 상호작용하는 시간을 늘리고, 아이의 장점을 찾아 칭찬하고, 평상시 행동을 잘 관찰하여 과정에 대한 격려나 피드백을 바로 하실 것을 숙제로 내드렸다. 어머니는 아이에 대한 칭찬이나 격려가 쉽지 않다고 했다. 아이가 잘하는 것이 분명히 있지만 그럼에도 잘못하는 것이 눈에 먼저 보인 모양이다.

《The skills of Encouragement》라는 책에서 격려(encouragement)는 타인에게 용기를 불어넣음으로써 기를 북돋아 주는 행위라고 정의한다. 격려의 반대인 낙담은 타인의 기를 꺾고 두려움의 정서를 갖게 하는 것이라고 말한다.

격려는 어떻게 해야 할까? 아이가 못하는 것에 초점을 맞추기보다는 잘하는 것에 관점을 맞추어야 한다. 집중력이 짧은 이 아이는 엄마와 공부할 때 오래 앉아 있지 못한다고 했다. 하지만 자신이 좋아하는 만들기나 블록 쌓기를 할 때는 집중을 잘한다고 했다. 그럼, 아이가 만들기를 하는 순간을 잘 관찰하고, 아이가 집중해서 만드는 과정을 격려하면 된다. 아이는 순간 '내가 이것도 잘하는구나.'라는 감정을 느낄 것이다. 이런 긍정적인 경험이 반복되면 아이는 자신을 괜찮은 사람이라고 믿는 믿음이 마음속에서 자라게 된다. 이런 대화의 패턴은 다른 인간관계에서도 효과적으로 적용될 수 있다.

엄마와의 애착이 필요했던 위의 사례와 달리, 아이가 부모와 어울리는 것을 싫어해서 힘들다는 반대의 경우도 있다. 강의장에서 만난 그녀는 초1, 6살 아들 둘을 키우는 어머니였다.

 "아이 키우는 거 힘드시죠?"라는 나의 말에 금방 눈물을 글썽이셨다. 어머니는 아들이 초등학교에 입학하더니 자신과 함께하는 시간보다 친구들과 노는 시간을 더 좋아하게 된 것이 고민이라고 했다. 아이랑 인라인스케이트도 타고, 여행도 많이 다니고, 공연도 같이 보러 다녔는데 지금은 어디 가자고 이야기하면 '안 가요.'라는 대답이 많아져 속상하다는 것이다.

 보통 중학생쯤 되면 아이는 부모와의 관계보다 또래 친구들과의 관계를 더 중요하게 여긴다. 우리의 사춘기 시기를 돌이켜보면 부모를 따라가는 일이 귀찮게 여겨지고, 또래 친구와 어울리는 것에 더 관심이 많았던 경험이 있을 것이다. 강의장에서 만난 어머니의 아이는 이 시기가 좀 더 빨리 온 경우였다. 아이의 기질과 성향에 따라 다르겠지만 또래 관계를 중시하는 것은 발달 단계에서 자연스러운 현상이다.

 또한, 사춘기에는 또래 친구와의 관계로 인해 부모가 걱정하는 경우가 많다. 많은 부모들이 자녀의 일탈행동이 친구 탓이라고 생각할 때가 많다. 아이가 나쁜 친구를 사귀고 있다고 생각되면 부모는 어떻게 해야 할까?

 부모가 직접 개입하거나 모니터링하는 것은 바람직하지 않다.

나쁜 친구를 사귄다고 그 친구를 비난하면 아이들은 오히려 친구 편을 들지 부모의 의견에 귀 기울이지 않는다. 관계에 영향을 미치고 싶다면 친구를 비난하기보다 '걔는 그럴 수 있어, 나쁜 아이는 아니야, 그런데 엄마는 걱정되는 게 있어.'라고 표현하는 것이 좋다. 선공감을 하고 비난이 아니라 걱정으로 표현하는 것이다.

또래 관계에서 문제 상황이 발생했다면 흥분하지 말고 개입하기 전에 상황을 객관적으로 파악해야 한다. 그리고 아이가 문제 해결에 개입을 원하는 건지, 그냥 힘든 감정을 나누고 싶은 것인지를 파악해야 한다. 초등학교 저학년이라면 직접 개입이 좋은 방법일 수도 있지만, 그게 아니라면 아이가 상황을 해결할 수 있도록 적절한 조언으로 해결하는 방법을 제시하는 것으로도 충분하다. 물론 심각한 상황에선 부모가 중재자의 역할을 수행할 수 있다. 하지만 여기서 중요한 것은 아이의 자율성을 헤치지 않고 감정을 공감하는 것이 우선이다.

아이가 건강한 또래 관계를 형성하기 바란다면 지금 부모와의 관계를 먼저 살펴보자. 긍정적인 모델링을 제공하고 있는지, 부모와 적절한 거리를 유지하고 있는지, 아이에게 필요한 것이 무엇인지. 그리고 아이가 도움이 필요한 순간에 손을 내밀자. 마지막으로 무엇보다 아이는 밖에서 부모가 생각하는 것보다 훨씬 더 잘하고 있다는 것을 믿어보자.

7

아이의 꿈과 부모의 꿈을
헷갈리지 마라

"꿈이 있는 사람 손 들어보세요?"

학생들과 진로 캠프를 시작할 때 던지는 첫 질문이다. 대부분 학생들은 꿈이 없거나 하고 싶은 일이 없다고 답한다. 안타깝게도 우리의 교육 시스템은 학생들이 자신이 좋아하는 것이나 잘하는 것을 고민하고 경험하는 것보다 입시에 치중되어 있다. 이와 더불어 부모들은 사회에서 제대로 자리매김하기 위해서는 좋은 직업을 가져야 한다고 생각하며 이를 위해 공부를 잘하고 좋은 대학을 나와야 한다고 믿는다.

꿈은 직업이 아니다. 꿈이란 자신이 미래에 어떤 모습으로 어떻게 살고 싶은지에 대한 상상이 현실이 되는 것이다. 그래서 나는 학생들과 함께 그들이 잘하는 것과 좋아하는 것을 탐색하는 데 많은 시간을 할애한다. 학생들이 찾은 적성(잘하고 좋아하는 것의 교집합)을 바탕으로 10년, 20년, 30년 후의 미래를 스케치해 발표하는 시간을 갖는다. 하루나 이틀의 짧은 캠프로 구체적인 꿈을 찾았다고 할 수는 없지만 몇몇 학생들은 자신이 가지고 있는 현재 적성을 찾고, 하고 싶은 일이 생겼다고 좋아하기도 한다.

몇 해 전 제주의 한 학교에서 캠프를 진행할 때였다. 한 아이가 나중에 국제 인권변호사가 되어 많은 사람에게 도움을 주는 삶을 살고 싶다고 말했다. 그러면서 이제는 공부도 열심히 해보겠다는 당찬 포부를 밝혔다. 며칠 뒤 아이에게서 문자가 왔다.

'선생님, 아빠가 쓸데없는 소리 하지 말래요. 너 같은 게 무슨 변호사냐고 하면서…….'

어른의 잣대로, 편협한 시선으로 판단하는 현실이 마음 아팠다. 당장 눈앞에 보이는 성적이 아이들을 판단하는 기준이 되어서는 안 된다. 누군가의 한마디로, 또는 어떤 한 번의 경험으로 아이들의 꿈은 얼마든지 바뀔 수도 있고, 현실이 되기도 한다.

KBS 예능 프로그램에 최경주 선수가 나와 골프를 하게 된 일화를 말한 적이 있다. 그는 중학교 시절 완도에서 역도를 하다가 수

산고등학교 입학을 하게 되었다. 입학식 당일, 선생님이 역도를 해 본 적이 있는 학생들은 모두 불러내었고, 이때 앞으로 나간 학생이 10명이었다. 선생님은 이 학생들을 5명씩 두 줄로 세웠고 한 줄은 골프부, 다른 한 줄은 역도부로 보냈다고 한다. 그렇게 최경주 선수는 골프가 뭔지도 모르는 상태에서 새로운 시작을 하게 된 것이다. 그는 그 후 대한민국 최초로 미국 PGA 투어에서 우승하며, 많은 상금을 받았다. 지금도 왕성한 활동을 하고 있다.

최경주 선수의 그날의 줄 서기는 크롬볼츠(Krumboltz)가 말한 계획된 우연 학습이론을 잘 보여주는 사례다. 계획된 우연 학습 이론 이란 개인 우연한 기회를 스스로 만들고, 능동적으로 그 기회를 활용하여 진로를 결정하는 과정을 말한다. 여기서 부모가 해야 할 일 중 하나는 계획된 우연이 가능한 환경을 만들어 주는 것이다. 이를 위해서는 단순히 좋은 성적을 받기 위한 공부만 시키는 것이 아니라, 다양한 경험을 할 기회를 제공해야 한다. 아이들이 다양한 경험을 통해 우연한 기회에 노출될 수 있도록 도와주는 것이 중요하다.

부모의 꿈이 아이의 꿈이 된 경우도 있다. 내가 알고 지내던 지인의 아이가 그랬다. 공부에 제법 소질이 있는 이 아이는 부모의 자랑 그 자체였다. 적어도 아이가 외국어고등학교를 졸업하고 외대에 입학할 때까지만 해도 그랬다. 이 아이는 어느 날 부모님께 졸업 후 자신의 모습이 상상이 되지 않는다며, 이때까지는 부모님이 원하는 인생을 살았으니, 이제부터는 자신이 원하는 일을 해보고 싶다고 하며 자퇴를 선언했다.

아이의 부모는 처음에는 하늘이 무너지는 듯한 충격을 받았으나 곧 아이의 선택을 존중하고 믿기로 했다. 그리고 만약 다시 아이를 키운다면 외고에 보내기보다는 아이가 진정으로 좋아하는 일, 관심 있는 일이 뭔지 더 잘 살피고, 진로만큼은 아이가 스스로 결정할 수 있도록 할 것이라는 후회의 말을 남겼다.

꿈의 주체는 아이 자신이어야 한다. 부모나 선생님이나 주변 사람이 되어서는 안 된다. 아이가 아직 꿈을 찾지 못했다면 강요하지 말고, 스스로 찾을 수 있을 때까지 기다려야 한다.

올해 3월 대학 입학을 앞둔 신입생을 상담으로 만났다. 자신이 선택한 진로가 맞는지, 꼭 대학을 가야 하는지 확신이 안 들어 조언을 듣고 싶다고 했다. 상담을 진행하면서 이 아이는 자기만의 색깔이 뚜렷한 아이로 느껴졌다. 아이는 자신이 꿈꾸는 미래를 명확히 상상할 수 있었고, 그 미래를 실현하기 위한 여러 방법 중 하나로 대학이라는 도구가 필요하다는 것도 인지하고 있었다. 덕분에 대학 생활에 대한 단기 계획부터 군 제대 후 미래 설계까지 명쾌하게 정리하고 상담을 마칠 수 있었다.

알고 보니 이 아이가 이렇게 스스로 진로를 정하기까지 엄마의 보이지 않는 큰 노력이 있었다. 개성이 뚜렷했던 이 아이는 공부에 흥미가 없었고, 특히 학교를 싫어했다. 하마터면 출석 일수가 부족해 졸업을 못할 뻔한 위기도 있었다. 아들 셋을 키우고 있었던 엄마는 아이들에게 사사건건 간섭하지 않고, 자신의 삶을 더 열심히 사는 것을 선택했다. 학원을 운영하면서 경영대학원을 다녔고, 아이들이 스스로 할 수 있는 일들을 찾을 수 있도록 끊임없이 독려했다. 방학이면 같이 여행을 다니면서 아이가 계획을 세우고 리드할 수 있도록 기회를 주었고, 엄마가 채우지 못하는 부분은 솔직하게 아이들에게 도움을 요청하기도 했다고 한다. 엄마가 한 것은 아이를 믿고 기다리는 것이었다.

아이가 행복한 미래를 찾아갈 수 있도록 돕고 싶다면, 아이를 잘 관찰하는 것이 중요하다. 아이가 무엇을 하며 노는지, 무엇을 할 때 눈이 반짝거리는지. 아주 작고 사소한 그 무엇인가를 찾았다면 아이가 결과가 아니라 과정을 즐길 수 있도록 격려하고 응원을 아끼지 말아야 한다. 아이들은 스스로 선택하고, 시도하는 과정에서 실패와 성공을 경험하면서 성장할 것이다.

꿈은 목적지가 아니라 항해 그 자체다. 부모가 선장이 되는 것이 아니라 아이가 선장이 되어 스스로 항해할 수 있도록 해야 한다. 부모가 할 일은 아이의 꿈을 위해 뒤에서 조력자의 역할을 해 주는 것임을 잊지 말자.

8

가족과 함께 하는 시간이
아이의 마음을 여는 열쇠다

아이와 함께하는 시간은 가정의 행복이자, 아이의 건강한 발달과 성장에 영향을 미친다. 그러나 요즘 많은 가정이 맞벌이를 하다 보니, 아이와 함께하는 물리적 시간이 절대적으로 부족해지는 경우가 많다. 부모와 아이 모두가 바쁜 시대에 어떻게 시간을 보내는 것이 가장 좋을까? 나는 같이 있는 시간의 양보다 질이라고 생각한다. 하지만 일부 부모는 물리적 시간이 부족한 대신 물질적 보상으로 아이에게 더 많은 것을 제공하려고 하고, 이를 통해 자신의 역할을 다했다고 생각하기도 한다.

유치원 다니는 딸을 둔 젊은 부부를 상담한 적이 있다. 뜨겁게 사랑해서 결혼했지만, 바쁜 일상에 지쳐가며 부부의 삶은 권태기를 향하고 있었다. 그러던 중 아이가 유치원에서 그린 그림 한 장 때문에 부부는 서로에게 문제가 있음을 깨닫게 되어 상담을 신청했다. 아이 그림 어디에도 아빠는 없었다. 자주 다투는 부모 사이에서 아이는 눈치를 보는 날이 많아졌고, 말수도 줄어들기 시작했다. 아내는 남편이 가족은 안중에도 없고, 항상 자신이 먼저인 사람이라고 했다. 하지만 남편의 마음속에 가장 소중하게 생각하는 1순위는 현재 가족이었다. 남편은 어떻게 딸아이와 놀아주어야 하는지, 어떻게 사랑을 표현해야 하는지 잘 모르겠다고 했다. 그는 행복하지 못한 어린 시절을 보내면서 건강한 아버지의 본보기를 보지 못하고 자랐다.

아들러 심리학에서는 생활양식이라는 개념을 중요하게 생각한다. 생활양식은 개인의 신념, 가치, 태도, 감정의 패턴을 말한다. 이 생활양식은 개인의 성격과 행동을 결정하는 핵심이 되어 사회적 관계와 성공에 영향을 미친다. 생활양식은 어린 시절부터 형성되며 주변 즉 부모와의 상호작용으로 발전된다. 이것이 아이와 함께 시간을 보내는 게 중요한 이유 중 하나다.

나는 아이의 아빠에게 이런 개념을 설명하고, 아이와 함께하는 시간을 늘려보도록 권유했다. 1주일에 한 번이라도 아이와 바깥나들이를 할 것, 퇴근 후 저녁 아이와 눈을 맞추고, 잠깐이라도 몸 놀이할 것. 이 두 가지를 제안했다.

바깥나들이라고 해서 거창하게 준비하고 여행을 멀리 가라는 것이 아니다. 놀이터를 가도 좋고, 가까운 공원을 다녀와도 좋다. 주위를 살펴보면 지역에 있는 가족센터, 도서관 등에서 주말이면 주민들을 위한 행사가 많이 열리고 있다. 내가 있는 지역의 가족센터도 주말이면 아빠와 하는 프로그램, 엄마와 하는 프로그램, 부부가 함께하는 프로그램 등 다양한 프로그램이 항상 열린다. 관심만 있다면 얼마든지 경제적 부담 없이 아이와 다양한 경험의 시간을 가질 수 있다.

상담을 진행한지 두 달쯤 되었을 때, 아이의 엄마가 '주말에 아빠랑 공원에서 배드민턴을 쳤을 때 좋았다'고 아이가 말해서 깜짝 놀랐다고 했다. 아이가 점점 밝아지면서 이 가족은 새로운 생활양식을 만들어 갔다. 이 가족의 변화를 보면서, 아이와 함께 하는 시간만으로도 부모와 아이의 관계가 얼마나 긍정적으로 변화할 수 있는지를 다시금 깨달았다.

위의 사례가 유치원생이라 아이가 어려서 관계 회복이 더 쉽지 않았겠냐고 생각할지도 모른다. 하지만 중학생이 된 아이와 함께한 아버지가 관계를 회복하게 된 경우도 있다. 바로 아들과 남편이다. 엄한 아버지가 되고 싶다는 남편은 첫아이에 대한 기대가 컸기에 사사건건 부딪치는 경우가 많았다. 아들이 사춘기가 되면서 갈등은 절정을 향해 갔다.

나는 고민 끝에 아들과 남편 두 사람이 모두 좋아하는 자전거 여행으로 둘만의 시간을 만들어볼 것을 제안했다. 아들이 갖고 싶어 했던 자전거를 사주었고 둘은 구미에서 부산까지 2박 3일 자전거 여행을 떠났다. 결과는 대성공이었다.

더운 여름, 고가 다리 아래서 돗자리 깔고 낮잠을 자고, 오르막 길을 올라가며 아이스크림을 사 먹고, 지나가던 절에서 절 밥을 얻어먹고, 저녁에는 고깃집에서 고기를 먹는 등 다양한 경험을 함께 나누었다. 아들과 남편은 육체적으로 힘들었지만 잊지 못할 추억을 만들고 왔다.

그랬던 아들이 지금은 다 커서 직장인이 되었고, 아버지와 좋은 관계를 유지하고 있다. 아빠만큼만 살아도 좋겠다며, 아버지에 대한 존경과 감사의 마음을 표현한다. 이번 설에는 아빠랑 술을 마시며 이야기할 때가 제일 편하다고 말하기도 했다. 억지로 등 떠밀어 만든 시간이 새로운 관계를 만드는 첫 시작이 되었던 것이다.

건강한 가족 문화, 함께 하는 시간을 만들기 위한 방법의 하나로 나는 가족회의를 권하고 있다. 내가 가족 상담을 할 때 주로 마지막에 내주는 과제다.

가족회의를 하는 방법

1) 가족 중 의장, 서기를 뽑는다. (작은 노트 하나에 그날의 내용을 기록한다.)

2) 일주일 동안 있었던 일 중 칭찬할 만한 일이나 감사의 말을 한다. (이 과정이 정말 중요하다. 서로의 마음을 열기 위해 필요한 과정이다. 대체로 가족회의를 하라고 하면 이 과정을 종종 생략하는 경우가 많다.)

3) 주제를 정하고 토론하는 시간을 가진다. (주제는 아주 사소한 것부터 시작하는 것이 좋다. 예를 들면 생일 외식 메뉴, 여행지, 함께 볼 영화 등 이런 것이다. 처음부터 휴대전화 사용 시간을 줄이겠다든지, 시험 성적 올리기 등 이런 주제는 피하는 것이 좋다.)

4) 다음 주에 있을 가족의 이벤트를 공유하거나 서로에게 바라는 작은 것을 나눈다.

5) 기록한 것을 다시 나누고 마친다. (기록한 내용은 다음번 가족회의 때 다시 언급하면서 얼마나 약속을 지켰는지 확인하는 시간을 가지면 된다.)

가족회의는 그 자체로 가족과 함께하는 시간을 늘이는 것 이상의 역할을 한다. 이 과정에서 아이들은 자신이 원하는 것을 얻기 위해 부모를 설득하는 방법을 스스로 터득할 수도 있다. 또한, 서로에 대한 격려와 감사의 이야기를 나누며, 서로의 정서 통장에 긍정 정서를 쌓을 수 있다.

격려와 감사를 하기 위해서는 일주일 동안 서로의 행동을 잘 관찰해야 한다. 그래야 의미 있는 격려, 감사가 된다. 가족회의라고 해서 거창할 필요는 없다. 첫 시작은 아주 가볍게 하면 된다. 일주일에 한 번 주말 오후 식사 시간을 활용해도 좋고, 가족이 모두 모일 수 있는 시간이면 언제든지 상관없다.

부모 교육을 하는 동안 가족회의 과제를 점검을 하면서 다양한 사례를 접한다. 의장이 된 초등학교 2학년 아들이 '왜 아빠는 퇴근하면 소파에 누워 있냐고 하면서 엄마를 도와줘야 한다.'라고 말한 사례는 우리 모두를 흐뭇하게 했다. 어떤 어머니는 가족회의에서 엄마가 가족이 행복해지려고 공부한다고 했더니, 유치원 다니는 딸이 '엄마, 우리는 행복한데 더 행복해지려고 공부하는 거야?'라고 묻기도 했다고 한다. 참 예쁜 가족의 모습이다.

행복한 가족을 만들기 위해서는 큰 노력이 필요하다. 부모가 사랑을 표현하지 않으면 아이들은 부모의 사랑을 알지 못한다. 부모가 사랑을 표현하는 방법 중 하나가 가족과 함께하는 시간을 보내는 것이다. 그 자체만으로도 아이는 스스로 사랑받는 존재로 느낄 수 있다.

슬기로운 직장생활, 이것만 알아도 롱런할 수 있다

이 용 화

1

통념에 따르지 말고,
나만의 기준을 세워라

나는 20년 차 만랩 직장인이다. 1998년도에 첫 회사에 입사해서 지금까지 햇수로 25년. 중간에 프리랜서로 활동하느라 직장이 없었던 기간을 고려하면 20년째 직장인으로 살아가는 중이다.

직장인 대부분이 그렇듯 나 역시 때로는 직장생활을 그만하고 싶었고, 때로는 지치고 힘들었다. 그래서 뛰쳐나가 프리랜서 강사로 활동해 본 적도 있었다. 하지만 세상의 모진 풍파에 정신을 바짝 차리고 곧 다시 직장인이 되었고, 지난 20년은 직장인으로 살아왔다.

나의 직장생활은 대체로 만족스러웠다. 아르바이트로 시작한 나의 직장생활은 인턴과 계약직을 거쳐 정규직 사원이 되었고, 대리,

과장, 팀장을 거쳐 지금은 작은 스타트업의 경영지원을 총괄하는 리드가 되었다. 직장을 다니면서 일로, 관계로 인정받아 행복할 때도, 뜻대로 되지 않아 좌절할 때도 있었다. 그 순간들을 통해 나는 점차 더 단단한 직장인이 되었다. 어마어마한 성공을 이루거나 탄탄한 성공 가도를 달려오지는 않았어도 말이다.

그리고 지금은 '퇴사'나 '은퇴'보다는 되도록 더 오래 은퇴 없이, 퇴사하지 않고 직장인으로 살아남는 것이 바람이다. '롱런'하는 직장인이 꿈인 셈이다.

돌이켜보면 나의 지난 직장생활 20년은 특별한 계획에 따라 이어져 오지는 않았다. 아니, 늘 목표는 있었고 계획도 세웠지만, 그 계획대로만 되지는 않았다. 원대한 목표도 아니었고, 거창한 계획도 아니었지만 내가 하고 싶은 것과 내가 할 수 있는 것을 일치시키지 못했기 때문이다. 그때의 나는 세상과 조직을 잘 몰랐다. 그리고 무엇보다 나 스스로를 가장 이해하지 못하는 순진해 빠진 직장인이었다.

그래서 나의 이야기는 '아! 지금 알고 있는 것을 그때도 알았더라면.' 하는 회고의 마음으로 잘했던 일과 아쉬웠던 부분을 채울 수 있는 방법에 관한 이야기이다. 나는 뭘 몰라서 맨땅에 헤딩하듯 무조건 열심히 하면 되는 줄 알았다. 그렇게 20년 차 직장인이 되었지만, 좀 더 나은 직장생활을 위해서 진작 알았다면 좋았을 조건

들을 전하고 싶다. 욕심은 없어도 되지만 나를 모르고는 직장인으로 오래 살아남기가 쉽지 않으니까.

직장생활에 필요한 첫 번째 조건은 나만의 기준이다. 직장을 선택하고 직장인으로서 살아가기 위한 마음가짐을 의미한다. 이후의 직장생활과 직장인으로서의 나를 만들어가는 첫 단추인 만큼 직장은 분명한 기준으로 신중하게 선택해야 한다. 첫 직장을 선택할 때의 나는 선택의 여지가 없었다. 형편없는 학점, 부족한 실력, 가지지 못한 자격증들. 그럴듯한 직장에 취업하기에 나는 전혀 준비되지 않은 염치없는 취업 준비생이었다. 나를 선택해 주는 회사에 입사하는 것이 최선이었다.

그렇게 나의 첫 직장은 소위 스펙에 맞춰 들어간 회사였다. 그리고 첫 직장에서 했던 직무를 크게 벗어나지 않고 20년이 지났다. 그동안 꽤 자주 생각했다. 처음에 좀 더 준비해서 취업했다면 지금과는 다르게 살고 있지 않을까? 직장을 선택하는 나만의 기준을, 내가 뭘 하고 싶은지 뭘 할 수 있는지 좀 더 진지하게 고민하지 못했을까? 그랬더라면 나는 좀 더 욕심을 가진 직장인이 되어 있었을까? 기획자나 디자이너, 마케터가 아니 다른 직무를 하고 있지는 않았을까? 어쨌거나 지금보다 더 야망이 있거나 성공한 직장인이었을지도 모른다. 그렇게 만들어진 나의 경력이나 직군에 불만이 있는 건 아니지만 다른 가능성도 있진 않았을까 생각하면 아쉬움이 들기도 한다.

그 선택의 기준이라는 것은 하고 싶은 직무나 직군에만 해당하지는 않는다. 그 기준은 사회나 조직에서 통용되는 보편적인 가치나 상식일 수도 있다. 또는 그것과 상관없이 나에게만 특별한 기준일 수도 있다. 당연히 남들과 같을 수도 있고 아닐 수 있다. 주 근무시간, 연봉 얼마, 근무 지역 같은, 겉으로 드러나는 조건일 수 있다. 회사의 비전이나 가치, 함께 일하는 동료들의 성향처럼 눈에 보이지 않는 기준일 수도 있다. 그리고 이 기준은 생각하는 것보다 더 중요하다. 개인적으로는 눈에 보이지 않는 기준들이 회사와 나의 핏(fit)을 맞추는 데 연봉이나 다른 조건보다 좀 더 중요하다고 생각한다. 직장인으로서 좀 더 롱런하기 위해서 말이다.

단, 내가 기준을 가지고 있더라도 내가 선택한 회사가 나를 선택하지 않는다면 그 기준은 아무짝에도 쓸모가 없다. 따라서 이직하거나, 재취업을 생각할 때 나를 잘 알고 있어야 분명하고 실현 가능한 기준을 만들 수 있다. 그 기준이 없으면 여럿 중 하나의 회사를 선택할 기회가 왔을 때, 또는 어느 회사에 지원할지 골라야 할 때 망설이게 되거나 잘못된 선택을 할 수 있다. 그래서 기준이 중요하다. 나처럼 여기가 어딘지도 모르고 선택했다가 시간을 그냥 흘려보낼 수 있다. 다행히 나는 아무 기준 없이 고른 직장이 잘 맞았고 그 덕에 20년간 직장인으로 잘 보낼 수 있었다. 하지만 기준 없이 휩쓸리다가 몸과 마음이 지쳐 직장생활을 포기하는 경우도 여럿 보았다.

　지금 회사를 좀 더 오래 다녀야 할지, 혹은 다른 회사로 옮겨야 할지 고민이 된다면, 오랜 시간을 들여 나를 찬찬히 들여다보면서 진지하게 고민해 보자. 나는 어떤 일을 할 때 성장하고 있다고 느끼는지, 어떤 환경에서 편안함을 느끼는지, 어떤 것에 가치를 두고, 어떤 것을 좋아하는지 같은 것들을. 내가 다녔던 회사 중에는 일(성과)을 중요하게 여기는 곳도 있었고, 사람(협업)을 중요하게 여기는 곳도 있었다. 물론 어느 조직이든 두 가지 모두 중요하지만, 그 중 어느 것을 더 중요하게 여기느냐의 차이는 반드시 있다. 어느 것을 중요하게 여기느냐에 따라 조직의 문화도 달라지고 어떤 문제가 생겼을 때의 대처 방법도 달라지기 때문이다.

　또, 유연하고 창의적인 것을 요구하는 회사가 있고 정해진 규칙에 따라 체계적으로 돌아가는 것을 선호하는 회사도 있다. 타인에게 이로운 것을 추구하기도 하고 회사와 조직에 유리한 것을 선호하기도 한다.

　예를 들어, 여기 환경이나 동물 보호에 관심이 많은 사람이 있다. 만일 그가 어느 것보다 이윤을 가장 우선하고 환경은 그다음이라 생각하는 조직에서 일하고 있다고 치자. 그는 일이 마음에 들더라도 근무할수록 나와 조직의 가치 차이로 인해 마음속 괴로움을 감당해야 할 수도 있다. 혹은, 동료들과의 화합이나 어우러짐을 중요하게 여기는 사람이 성과만 낸다면 다른 것은 신경 쓰지 않는 조직에서 이를 당연히 여기는 동료들과 생활하게 되면 외로움을 느낄 수도 있다.

다시 말해 '나만의 기준'이란 내가 어떤 직장인이 되겠다는 마음가짐이고, 나와 잘 맞는 회사를 고르기 위한 북극성 같은 것이다. 이 기준이 흔들리지 않는다면 내가 직장인으로서 이루고 싶은 미래와 그리는 모습은 반드시 만들어진다. 우리의 인생 속에 가장 많은 시간을 차지하고 있을 직장. 그 직장 안에서의 생활은 상상하는 것 이상으로 서로 연결되어 있고 길게 보면 하나의 선을 만들어 가게 된다.

지금 직장생활에 만족하고 있는가? 만족하지 않더라도 늦지 않았다. 지금이라도 한 번 나를 들여다보자. 그리고 현재 있는 곳에서의 나를 한 번 살펴보고 다시 한번 기준을 세워보자. 지금까지와 다른 미래의 나를 만나게 될 것이다.

2

직장 내에서 나만의
포지셔닝(positioning)을 구축하라

직장인으로서 되고 싶은 모습이 있는가? 그 모습은 사람에 따라 다를 것이다. 일 잘하는 사람, 성실한 직원, 따뜻하고 친절한 동료일 수도 있다. 내가 원하는 모습이 명확하게 정하고 포지셔닝(positioning)을 하게 되면 이것이 기준이 되어 이후의 업무나 커뮤니케이션 방식을 설정하는 게 수월해진다.

직장생활에서 롱런하기 위해서는 포지셔닝이 필요하다. 포지셔닝이란, 내가 직장 내에서 되고 싶은 모습이다. 포지셔닝을 명확히 하면 나만의 기준을 세우기 쉽다. 내가 직장 내에서 원하는 나의 모습은 인간미는 좀 없어도 일만큼은 칼같이 잘하는 직원일 수도 있다. 또는, 일은 적당히 잘하지만, 그보다 성실한 직원일 수도 있다. 그도 아니면, 무엇이든 다 품어주고 들어주는 따뜻한 팀장, 리더이거나 동료일 수도 있다. 그 무엇이든 좋다. 내가 동료나 상사, 부하직원들에게 불리고 싶은, 각인되고 싶은 모습이 있다면, 그렇게 될 수 있도록 스스로 행동해야 한다.

한 번 포지셔닝이 완료되어 조직과 동료들에게 당신이 각인되기 시작하면 이후 당신을 대하는 조직과 동료들의 태도는 완전히 다르다. 이는 사람들이 조건에 따라 누군가를 차별한다는 의미가 아니다. 직장생활을 한 번이라도 해본 적이 있다면 당신은 이미 경험해 보았을 것이다. 일을 잘하는 사람을 대하는 다른 사람들의 태도나 말과 따뜻하고 다정한 사람을 대하는 그것이 서로 다르다는 것을 말이다. 물론 일도 잘하고 따뜻하고 다정한 데다 성실하기까지 하다면 더할 나위 없겠지만 이 모두를 다 갖춘 누군가는 조직 내에서뿐 아니라 어느 네트워크에서도 만나기 쉽지 않다. 하지만 누구에게든 남들은 모르는 나만의 비기(祕器)가 하나쯤은 있기 마련이다. 내가 가진 비기를 잘 알고 있다면 그것을 좀 더 적극적으로 활용할 수 있는 것이 바로 포지셔닝이다.

직장 내 포지셔닝에서 가장 중요한 것은 나의 본성과 반드시 맞닿아 있어야 한다는 점이다. 그래야 내가 그런 사람으로 살아가기가 수월하다. 그것이 만일 내가 가지지 않은 모습으로 포지셔닝 한다면 노력하면서 살아갈 수는 있겠지만, 맞지 않은 옷을 입은 것처럼 회사에서 생활하는 매 순간이 어색할 것이다. 또, 예기치 못한 상황에서는 어쩔 수 없이 나의 본모습이 드러날 수밖에 없다.

따라서 포지셔닝은 반드시 나의 원래 모습을 기반으로 해야 한다. 만일, 내 실력은 일을 적당히 잘하는 수준인데, 원하는 모습은 일을 맡겨 놓으면 완벽하게 해내는 직원이라면 그것은 환상일 수밖에 없다.

일단, 포지셔닝을 하기 전에 일에 대한 확실한 실력을 갖춘 후에 포지셔닝을 구축해야 한다. 나는 따뜻하고 친절한 동료로 포지셔닝을 하고 싶은데, 동료들이 다가오지 않는 것처럼 느껴질 수도 있다. 그렇다면 내 마음을 몰라주는 동료들에게 서운해하기보다는 나의 커뮤니케이션이나 행동에 문제가 없는지 살펴보고 따뜻한 인사 먼저 건네기부터 시작해야 할 것이다. 인간적인 신뢰를 쌓기 위한 벽돌을 한 단씩 차근히 쌓아 올리는 것처럼 말이다. 포지셔닝은 생각만으로 완성되지 않는다.

실제로 나 역시 사회 초년생이었던 20대에는 '성공한 직장인'으로 불리고 싶을 때가 있었다. '야심가'인 척 포지셔닝을 시도해 본 적도 있었다. 하지만 마음만으로는 가능하지 않다는 사실을 직접 부딪치고 깨지면서 배웠다. 내가 포지셔닝 한다고 모두가 나와 똑같은 생각을 하지 않는다는 것도 알았다. 나는 성실함이 가장 큰 무기였지만, 사람들의 시선이나 말 한마디에 끊임없이 휘둘리는 바람 앞에 촛불 같은 사람이었다. 휘둘리지 않을 만큼의 맷집이 있는 사람도 아니었다. 지금의 나는 내가 가지지 않은 모습을 가진 사람처럼 굴지 않는다. 하지만 나의 경우는 돌이켜 보니 '아, 이게 포지셔닝이구나' 하는 것이지 의도했던 바는 아니었다. 그동안 내가 가지지 못한 모습으로 살아가야겠다고 결심하고 노력하던 때의 나는 늘 예민했고 날카로웠다. 그리고 포지셔닝을 인지한 후의 나는 어디에서나 마음이 한결 편해졌다.

예를 들어, 당신이 속한 조직에서 사람들이 자꾸 사소한 부탁을 해온다. 그때마다 당신은 안 들어주자니 인간미가 없는 사람처럼 스스로가 느껴진다. 결국, 동료들에게 친절하고 싶은 당신은 거절하지 못하고 그 부탁들을 들어준다. 이런 상황이 반복되는 중이라면, 이미 조직 내에서 당신의 포지셔닝은 끝났다. 당신의 동료들에게 당신은 언제든 기꺼이 동료들을 도와주는 친절하고 고마운 동료일 수도 있다. 한편으로는 어떤 부탁이든 별 부담 없이 할 수 있는 만만한 동료일 수도 있다. 그 포지셔닝이 당신이 원하지 않았던 것일 수도 있다. 그래서 이미 만들어진 그 포지셔닝을 바꾸고 싶을 수도 있다. 하지만, 안타깝게도 이미 굳어진 나의 포지션은 크게 바뀌지 않는다. 포지셔닝을 구축하는 일은 입사하기 전이나 입사 초기에 가능하다. 어느 직장이든 마찬가지다. 어차피 정해질 내 포지션이라면 내가 계획을 세우고 관리하면 이후 나의 생활은 훨씬 안정적이고 예측이 가능해진다.

　그렇다면 새로운 회사로 이직했을 때 포지셔닝을 어떻게 할 수 있을지 생각해 보자. 신입사원으로 입사한 사회 초년생의 경우, 조직에서는 이 사람이 일을 잘 해낼 것이라는 기대감이 없다. 그래서 회사는 출신 학교, 필요한 자격증, 어학 실력 등의 스펙을 보고 신입사원을 채용한다. 6개월에서 1년 정도의 기간을 통해 조직에 맞는 직원으로 성장을 기대하면서 회사에 필요한 조건을 기준으로 판단하는 것이다. 신입사원은 열심히 하겠다는 적극적인 태도의 직원으로 포지셔닝만으로도 충분하다. 여기에 주어진 업무에 대한 이해도가 빠르면 그야말로 금상첨화다.

　하지만, 30대 이상의 경력 직원은 다르다. 경력 직원을 채용하는 가장 큰 이유는 조직 내 당장 급한 과제를 해결해야 할 때가 많다. 합류하면 짧은 시간 내에 한 사람 이상의 몫을 해낼 것이라 기대하기 때문에 적응하는 시간을 결코 길게 주지 않는다. 따라서, 경력 직원으로 이직할 때의 포지셔닝은 업무와 관련된 방향으로 하는 것이 유리하다. 이를테면, 일에 대해서는 한 치의 오차도 없이 칼같이 챙기는 동료일 수도 있겠다. 또는 어떤 상황에서도 여유를 잃지 않고 유연하게 대처해 모두에게 안정감을 주는 동료나 상사, 직원으로의 포지셔닝도 좋다. 경력 직원에게 친절함이나 다정함은 업무능력에 덤으로 더해질 때 매력적인 덕목이다.

만일, 당신이 이제 막 직장을 옮겼거나 옮길 계획이 있다면 시간이 더 지나기 전에 나의 포지셔닝을 어떻게 하면 좋을지를 고민해보자. 그리고, 포지셔닝에 앞서 내가 되고 싶은 모습과 나에게 있는 모습이 맞닿아 있는지 꼭 먼저 살펴보자. 잘 닿아 있다면 당신에게 지금은 최적의 시점이다.

3

꾸준함을 이기는
유능함은 없다

꼰대 같은 이야기일 수 있지만 나는 직장인의 기본은 성실이라 믿는다. 여전히 성실이 중요하다고 말하면, 어떤 사람들은 나를 세상 제일가는 꼰대처럼 취급한다. 그러면서 "일만 잘하면 되지. 성실이 뭐 중요한가?"라고 반문하기도 한다. 물론 직장인에게는 "실력"이 반드시 보장되어야 한다. 저 사람에게 일을 맡겼을 때 어느 정도의 퀄리티가 나올 거라는 기대감을 심어줄 수 없다면 조직에서 오래 버티기 어렵다. 하지만 성실은 실력만큼 중요하다.

성실은 남이 아닌 나와의 가장 기본적인 약속이다. 어떤 사람으로 살아가겠다는 약속, 어떤 일을 해내겠다는 다짐. 많은 경우 꾸준히 묵묵하게 하루하루를 쌓아가는 사람들이 결정적인 순간에 빛을 발하게 된다.

　얼마 전 유명한 일타강사의 강의 동영상을 보다가 이런 말을 들었다. '회사들이 명문대 나온 학생들에게 기회를 주는 이유는 학생이 공부를 열심히 했다면 일도 열심히 하겠지 생각하기 때문'이라는 내용이었다. 맞는 말이다. 오래된 이야기지만 학창 시절을 돌이켜보면 타고난 머리가 좋아 공부를 잘하는 경우는 거의 없었다. 대부분의 공부를 잘하는 친구들은 다른 학생들보다 더 자주 그리고 더 오래 책상에 앉아 있었다. 꼭 학교가 아니더라도 이런 사례를 우리는 자주 마주한다. 일상에서 일어나는 사소한 어려움들을 묵묵히 견뎌내다 보면 예상치 못한 고비도 이겨 낼 만한 힘이 생겨나는 것이다. 이렇게 성실함은 크고 작은 난관을 넘겨낼 수 있는 맷집이 생겨난다.

　여기 실력이 비슷한 두 사람이 있다. 한 사람은 매일 비슷한 시간에 늦지 않게 출근하고, 비슷한 속도로 매번 비슷한 아웃풋을 낸다. 우리는 이런 사람을 성실한 사람이라고 부른다. 반면 한 사람은 더러 지각하는 일이 있고, 컨디션이나 상황에 따라 아웃풋에 차이가 있다면 아무래도 조직에서는 앞 사람이 좀 더 인정받기 쉽다. 아니, 두 사람의 아웃풋에 차이가 전혀 없더라도 조직은 좀 더 예측이 가능한 사람에게 기회를 주게 된다. 조직에는 실패하지 않을 것이라는 신뢰가 있어야 하고 성실한 사람은 그게 가능하기 때문이다.

　기본적으로 회사는 성실한 사람을 좋아한다. MZ 세대들에게는 생소할 수 있겠지만 그런 이유로 우리는 오랫동안 자기소개서에 성실함을 어필하기 위한 문구들을 열심히 적어 왔다. 회사가 어떤 사람을 좋아하는지 알기 때문이다. 회사의 입장에서 보면, 사람을 새로 뽑고 적응을 할 수 있게 지켜보는 것도 모두 비용이다. 당연히 잘 적응시켜서 익숙해진 직원이 나가면 다시 그 자리를 채울 사람을 찾는 것은 큰 비용이 든다. 따라서 회사가 직원을 새로 채용할 때 조직에 잘 적응해서 가능하면 오래 다녀줄 사람을 찾는다. 작은 회사에서는 리더급의 역할을 하는, 규모가 큰 회사에서는 중간에서 허리 역할을 하게 될 30대 이상의 시니어 직원을 찾을 때는 특히 그렇다. 회사는 믿을 만한 사람이 필요한 것이다.

　어떤 직군이든 회사는 일 잘하고 성실한 직원을 원한다. 그리고 세상엔 일 잘하는 직장인이 넘쳐난다. 일 잘하는 직장인들 사이에서 직장인으로서 롱런하기 위해 실력과 성실, 둘 중 하나를 선택해야 한다면, 성실함을 택하자. 물론 일에 대해 기대할 것조차 없는 수준의 사람이라면 아무리 성실해도 회사에서는 아무짝에도 쓸데가 없다. 성실함이란 내가 A급 인재는 아니어도 맡겨진 일에는 기대치만큼의 아웃풋을 내는 직원이라는 전제가 있어야 한다.

　그렇다면 성실함이라는 것은 길러질 수 있는 걸까? 사실 출근 시간을 예로 들었지만 성실함을 확인하기 쉬운 하나의 근거일 뿐 전부는 아니다. 출근 시간은 지키고 출근해서 내내 졸고 있다면 그건 말짱 도루묵이다. 출근 시간을 지키기 어렵다고 섣불리 포기하지 말자. 강력한 의지와 노력이 있다면 충분히 가능하다. 아주 사소한 것부터 해보자. 예를 들어 '매일 같은 시간에 일어나기'나 '아침에 일어나면 물 한 잔 마시기' 같은 쉬운 것부터 시작해 보자. 아침에 꾸준히 무언가를 하는 게 어렵다면 '매일 잠들기 전에 짧은 일기 쓰기' 같은 매일의 과제를 해보는 것은 어떤가?

다시 강조하지만, 직장인으로 오래 살아내기 위해 꼭 필요한 세 번째 조건은 '성실함'이다. 익숙해지기는 쉽지 않지만 한 번 내 것이 되면 나의 일을 돋보이게 만들어 줄 것이 분명한 덕목이다.

어차피 다닐 회사이고 지금 회사가 아니라도 앞으로 직장생활을 더 길게 하고 싶다면 까짓거 하면 되지 않은가? 100세 시대에 직장인으로 얼마나 더 오래 살게 될지 알 수 없는 지금, 성실함을 몸에 익힐 절호의 기회가 지금 당신 앞에 있다.

4

묵묵히 쌓아가는 것이
경력이다

직장인으로 롱런하기 위해서는 여러 가지 조건이 필요하다. 그 조건 중 하나가 마이웨이(my way)다. 직장인으로 꾸준하게 하루를 쌓아가는 과정은 절대 순조롭지 않다. 그 순조롭지 않은 일상에서 우리는 매일 '나만의 방식'으로 타인과 관계를 맺고 일을 해 내간다. 스스로 알지 못하더라도 우리 모두에겐 '나만의 방식'이 있다. 그리고 그 '방식'은 나의 직장생활에 크고 작은 영향을 미친다. 단기적으로는 업무처리의 효율화이기도 하고 장기적으로는 내가 원하는 포지셔닝에 적합한 사람으로 성장하게 되는 밑거름이 되기도 한다.

누구에게나 한 가지 일을 배우고 익숙해지기까지는 반드시 시간이 필요하다. 예를 들어 당신이 자전거 타기를 처음 배운다고 하자. 처음엔 '과연 내가 이 바퀴 두 개짜리 물건을 타고 이동하는 것이 가능하기는 할까?'라는 생각이 들 만큼 많이 넘어질 수도 있다. 제대로 자전거를 타기 위해서는 꾸준한 연습이 필요하다. 물리적인 시간을 통해 반복하지 않고 그냥 자전거를 잘 타게 되는 방법은 없다. 그 시간을 견뎌낸 후에 드디어 자전거를 컨트롤하는 것이 쉬워진다. 직장인도 마찬가지다. 그 시간은 나이나 학벌, 성별과 상관없이 동일하게 적용된다. 그리고 일을 익히는 과정에서 몰입하다 보면 그 과정에서 나만의 방법을 찾기도 한다. 단순한 일일수록 그 방법을 스스로 익히기 쉽고, 일머리가 있는 사람이라면 그 시간을 더 짧게 단축하기도 한다.

그럼 '나만의 방식'이라는 것은 어떤 것일까? 안타깝게도 누구나 적용되는 정답이나 모두에게 특별히 좋은 방식은 없다. 각자의 성향이나 스타일, 하는 업무에 따라서 달라질 수 있고 그것은 각자가 찾아야 한다. 예를 들어 경영지원 업무 담당자인 나의 경우는 업무 계획을 세울 때는 스케줄을 기준으로 한다. 먼저 월, 주, 일간 단위로 업무를 나누고 주기적으로 처리하는 업무들과 일정이 정해진 과제성 큰 업무들을 배치한다. 그다음 그날 바로 처리해야 하는 스팟성 업무들을 사이사이에 끼워 넣는다. 물병에 좀 더 많은 돌을 넣기 위해 큰 돌을 먼저 넣고 빈틈 사이에 작은 돌들과 모래를 채워 넣는 것과 같은 방식이다. 그리고 주간, 일간 단위로 변경 사항은 없는지 체크하여 일정을 조정한다. 이 방식은 나의 성향이나 현재하는 업무에도 잘 맞는 방식이다. 또 이 방식은 혼자 업무를 하고 있기 때문에 더 잘 맞기도 하다.

나에게 나만의 방식이 있다는 것과 그 방식이 직장생활에 큰 영향을 미치게 된다는 것을 안 지는 얼마 되지 않았다. 그동안 지금과 같은 방식으로 꾸준히 업무를 처리하고 관계를 맺어왔지만 나는 자주 지쳤고 직장생활은 늘 어려웠다. 하나의 산을 넘으면 더 커다란 다음 산이 나를 기다리고 있었다. 덕분에 나는 맡은 일을 성실하게 할 뿐 일머리가 좋은 사람은 아니라고 생각했다. 그러나 내가 해 온 업무는 유연한 사고를 충분히 발휘해야 하는 일이었다. 하지만, 나는 계획에 따르거나 반복적인 업무에 좀 더 맞는 사람이었고, 지금 내가 하는 업무에는 나의 방식이 너무 잘 맞는다. 나의 방식은 달라지지 않았는데, 업무가 달라지니 매번 새롭게 경험하는 업무들도 이전과 다르게 즐겁게 처리할 수 있었다. 이렇듯 나의 방식이 업무나 직장과 잘 맞아떨어지면, 우선 업무를 처리하는 데 들어가는 시간이 크게 단축된다. 업무가 버겁게 느껴지거나 다른 사람과 관계를 맺는 부담도 줄일 수 있다. 그로 인해 안정적인 직장생활이 가능해진다.

당신이 10년 이상의 직장생활을 해왔다면 이미 익숙한 '나만의 방식'이 있을 것이다. 스스로 인지하지 못하더라도 마치 몸에 익어 자유자재로 사용할 수 있는 공구처럼 익숙하게 사용하는 방식 말이다. '나만의 방식', 마이웨이를 찾는 방법은 생각보다 간단하다. 만일 잘 모르겠다면, 먼저 지금 당신이 일하는 방식을 살펴보자. 지금 방식에 전혀 불만이 없고 능률도 잘 오른다면 다행이다. 그 방식을 앞으로도 잘 사용하면 된다. 그게 아니라면, 새로 찾아서 내 것을 만들어보자. 어떻게 하면 새로운 방식을 찾을 수 있을까? 일단 시도해 보면 된다. 어떤 것이 좋을지 고민하는 것보다 시도해 보고 아닌 것을 걸러내는 것이 더 빠르다. 그 방식은 나처럼 일정을 기준으로 하거나 업무 특성을 기준으로 할 수도 있다.

나는 이직을 통해 업무가 바뀌면서 운 좋게 마이웨이를 확인하게 되었다. 나처럼 마이웨이는 그대로 두고, 이직이나 전직, 조직 내 부서이동을 통해 업무를 바꾸는 방법도 있다. 그게 어렵다면, 이미 주위에서 다른 사람이 사용하고 있는 방식이나, 다양한 아티클을 참고할 수도 있을 것이다. 메일 확인하는 시간을 바꾸거나, 업무 관련 전화는 특정 시간으로 몰아서 처리하는 것처럼 사소한 변화도 좋다. 아니면, 참여하는 회의의 수를 줄이거나 보고서 작성하는 방식을 바꾸는 등 어느 것이든 작더라도 이제껏 해보지 않은 새로운 시도를 해보자. 그리고 업무 처리시간이 빨라지는지, 업무에 대한 부담감이 줄어드는지, 다른 사람들의 피드백이 좋아졌는지 확인해 보자. 그렇다면, 마이웨이를 잘 찾아가고 있는 것이다.

물론, 이미 직장인으로 10년 이상의 시간을 보냈다면 전혀 새로운 방식을 찾아내 내 것으로 익히기는 쉽지 않을 것이다. 너무 바빠 고민할 시간이 없다거나 이미 현재의 방식으로도 문제가 없다고 생각할 수도 있다. 이제까지도 충분히 잘 지냈는데 이제 와 나만의 방식이 왜 필요한가 반문할 수도 있을 것이다. 마이웨이는 적성과 맞닿아 있지만, 전부는 아니다. 예나 지금이나 많은 사람에게 직장은 생계의 수단이다. 그리고 직장인의 대부분은 일상 중 가장 많은 시간과 긴 기간을 직장에서 보내게 된다. 적성이 직업 선택에 영향을 미친다면 마이웨이는 직장생활을 얼마나 건강하게 해내느냐와 관련이 있다. 만일 선택한 직업이 적성에 맞지 않더라도 마이웨이를 찾아 적응하면 직장생활에 좀 더 안정적인 롱런이 가능하다.

다행히 마이웨이는 나만의 기준이나 포지셔닝처럼 새로운 회사나 조직이 아니라도 마음껏 시도해 볼 수 있다. 다양한 시도 후에도 찾지 못했다면 그때 회사나 조직, 직무 분야를 바꿔보는 것도 방법이다. 마이웨이 역시 앞선 기준과 맥락을 함께할 때 시너지를 발휘한다.

다시 한번 말하지만, 당신의 포지셔닝에 더 빠르게 다가가게 해줄 마이웨이는 시도와 실패밖에 없다. 더 늦기 전에 당장 시작해보자. 지금 그 자리에서 내가 할 수 있는 것부터.

5

그럼에도 불구하고
킵고잉(keep going)하자

나는 킵고잉(keep going)이라는 단어를 좋아한다. 킵고잉은 일상에서 마주치는 어려움과 상태에도 불구하고 계속해서 노력하고 나아간다는 의미이다. 우리가 아무리 하루하루를 성실하게 쌓아간다고 할지라도, 어려운 순간은 어쩔 수 없이 마주하게 된다. 새로운 상사나 동료일 수도, 새로 맡은 업무일 수도 그리고 그들이 나와 맞지 않을 수도 있다. 또 가끔은 늘 습관처럼 해오던 일이 갑자기 버겁게 느껴지기도 한다. 그럼에도 불구하고 헤쳐나가는 것, 그것이 킵고잉이다.

20년 넘게 직장생활을 하면서 포기하고 싶은 순간은 늘 있었다. 새내기였던 20대에도, 이제 일이 좀 할 만해진 30대에도, 20년 차가 된 40대인 지금도 그런 순간은 시시때때로 나타난다. 이 일이 이렇게 힘들 일인가? 지금도 나는 매일 아침 마음을 단단히 먹는다. '오늘도 잘해보자' 하지만 내가 예상했던 것과 다른 전개를 만나면 덜컥 겁이 나고 힘이 빠지기 일쑤다.

그렇다고 힘들 때마다 피하고 도망간다면 매번 같은 수준의 일만 할 줄 아는 사람이 되지 않겠는가? 회사는 직원에게 직군과 연차에 따른 실력을 기대한다. 신입이 아닌 경력직으로 입사한 직원이라도 처음 입사할 때의 실력만으로는 부족하다. 연차가 쌓일수록 우리는 시니어 역할을 수행해야 할 뿐만 아니라, 그에 맞는 실력까지 증명해야 한다.

인간의 기대 수명이 늘어날수록 스스로 돈벌이를 해야 하는 시간도 길어진다. 다시 말하면, 일로써 증명해야 할 시간도 늘었다는 뜻이기도 하다. 또, 현장에서 활동하는 생산 인력이 많아지고 연령대가 다양해지면 이전에는 당연하게 여겨지던 연차에 따른 승진이 이제 더는 당연하지가 않다. 꼭 팀장이나 리더급이 아니라도 시니어로서의 리더십은 물론 갖춰야 하는 역량도 달라진다.

사람에 따라 차이가 있을 수는 있지만 '증명'은 웬만하면 피하고 싶은 것 중에 하나다. 아무래도 늘 하던 일을 하던 대로 하는 것은 편하고 안락함을 느끼기 쉽다. 하지만 안타깝게도 이 '하던 일'을 '하던 대로'만 해서는 오래 유지하기가 어렵다.

만일, 비교적 단순한 업무를 반복하는 일을 한다고 치자. 예를 들어, 내가 어떤 매장에서 물품을 진열하는 업무만 하는 아르바이트를 하고 있다면 경력이 아무리 쌓이더라도 시급이 오르기를 기대하기는 어려울 것이다. 또 다른 예를 들어보자. 업무가 구분되어 있지 않은 편의점 아르바이트를 시작하게 되었다 하자. 처음 시작했을 때는 할 수 있는 일이 많지 않을 것이다. 매장의 물품들을 진열하고 관리하거나, 계산하는 일부터 시작할 것이다. 그러다 맡은 일을 꽤 잘 해낸다면 사장님은 당연히 내게 좀 더 어렵고 많은 일을 맡기게 될 것이다. 이를테면, 물품을 주문하고 관리하는 업무나 다른 아르바이트생을 관리하는 업무를 맡길 수도 있다. 그리고 맡겨진 역할이나 업무량에 따라 내가 받는 보수는 달라진다. 내가 그 일을 할 줄 아는 사람이라는 것을 보여주는 것이 바로 '증명'이다. 내가 보수를 받는 만큼만 일한다면, 직장이나 아르바이트나 다를 바 없다. 내가 근무하는 모든 순간은 증명의 연속이다. 나를 증명하고 싶지 않다면 그만두고 다른 일자리를 찾으면 그만이다.

어려운 과업은 '오늘부터 시작이야.' 먼저 신호를 주지 않는다. 보통의 경우 일상에서 준비할 새도 없이 만나게 된다. 물론 예상하지 못했던 일이라 더 어렵게 느껴질 수도 있다. 당신이 평소 묵묵히 자기의 일을 해왔다면 어려운 상황을 만나더라도 일의 일부로 여기고 처리하게 될 것이다. 어려운 줄 몰라서가 아니라 충분히 알지만 해야 하는 일이기 때문에 말이다. 이 과정을 통해 내 일도 나도 성장할 것임을 안다. 당장은 알아주는 이가 없더라도 내가 지금 하는 일들은 고목의 나이테처럼 차곡차곡 쌓여 나의 내공이 된다. 성장하는 일상의 한 뼘이 묵묵히 쌓이는 그 과정이 킵고잉이다.

직장생활을 하다 보면 특별한 이벤트를 통해 어마어마한 성장을 하기도 한다. 하지만 많은 경우 피가 되고 살이 되는 성장은 늘 일상의 한 뼘이다. 그렇다고 직장에서 만나는 모든 상황을 무조건 참아내라는 이야기는 아니다. 또 고민 없이 무작정 견뎌내는 것은 무모한 일이다. 이럴 때를 대비해 내가 할 수 있는 능력치가 어느 정도인지, 내가 어느 만큼 성장하고 있는지 주기적으로 회고해 보자. 매일이 어렵다면 주간, 월간 단위로도 좋다. 주기는 내가 부담스럽지 않은 수준으로 정하면 된다. 이 과정은 나의 킵고잉을 통한 나의 성장을 눈으로 직접 확인할 수 있다. 그리고 어느 부분에서 내가 성장하는지도 체크할 수 있다. 여기에 나의 상사나 동료들의 솔직한 피드백을 더 하면 금상첨화다.

나는 운영 업무를 20년 가까이 해왔다. 최근 2년간은 경영지원 업무를 하고 있다. 지금 하는 일을 이전에는 내가 할 수 있다고 생각해 본 적은 없었다. 특히, 주간·월간 단위로 현금의 흐름이나 잔고를 관리하는 일은 상상조차 한 적 없던 일이다. 전혀 새로운 일을 하면서 만나는 일들은 매번 어렵고 낯설다. 그러나 그동안 해왔던 일보다 지금의 일이 나한테 더 잘 맞는다는 것을 안다. 지금의 일을 하는 내가 이전과 비교하면 업무 효율도 크고 성장 속도도 빠르기 때문이다. 내가 잘 해내고 있는지 스스로도 체크하고 나의 상사와도 수시로 싱크 하며 피드백을 받는다. 이 과정을 통해 나는 주관적·객관적으로 나의 킵고잉이 바른 방향으로 가고 있는지 확인할 수 있다.

내가 잘 가고 있는지 잘 모르겠는가? 아니면 이미 성장하기엔 직장생활을 오래 했다고 생각되는가? 그런 생각이 든다면, 먼저 내가 지금 하는 일에서 얼마나 묵묵히 하루하루를 잘 쌓아가고 있는지 살펴보자. 이미 잘 가고 있다면 지금처럼 킵고잉하면 된다. 만일 성장이 멈췄다는 생각이 든다면, 목적지를 바꿔 킵고잉하는 것도 좋다. 지금 있는 자리에서든, 바뀐 자리에서든 킵고잉을 다짐하는 당신을 응원한다.

6

쇼잉(showing)으로
'나'를 증명하라

　우리는 직장생활을 하면서 자기의 실력을 가진 것보다 잘 포장해서 능력을 인정받는 사람들을 만나게 된다. 소위 쇼맨십이라고도 부르는 그 실력이 유난히 좋은 그들은 직장에서 여러 모습으로 나타난다. 동료일 때도 있고, 부하직원일 때도 있고, 상사일 때도 있다. 그다지 실력이 없다고 보이는 사람이 인정받는 모습을 보면 사회의 맛인가 싶어 씁쓸해진다. 그뿐인가? 가끔 쇼맨십만 잘 사용하는 어떤 사람들은 애써 만들어 둔 남의 공을 슬쩍 가로챈다. 또 가끔은 자기 잘못을 다른 동료의 앞으로 미뤄두고 모르는 체하기도 한다. 직장생활을 하다 보면 한 번쯤은 그런 동료, 상사, 부하직원에게 뒤통수를 크게 맞을 때가 있다. 그럴 때면 우리는 직장생

활에 회의를 느끼기도 하고 '나만 너무 순진했나?' 하는 자괴감에
시달리기도 한다.

　직장생활을 20년 넘게 하다 보니 시니어 면접관으로 이력서를
살펴보고 인터뷰에 참여하게 될 기회가 많아졌다. 특히 할 일은 많
고 손은 부족한 스타트업에서는 신입보다는 경력 직원을 선호하
게 된다. 바쁜 일정에 맞춰 합류하면 빠르게 한 사람의 역할을 해
낼 것이라 기대하기 때문이다. 채용 단계에서 이력서도 훌륭했고
면접도 기가 막혔는데 막상 함께 일하다 보면 고개를 갸우뚱거릴
때가 있다. 분명 잘 준비된 것 같았는데 인터뷰 단계에서 쇼맨십을
발휘한 경우다. 나는 그런 사람을 '프로면접러'라고 부른다.
　이런 경우 말고도, 다양한 상황에서 쇼맨십이 뛰어난 사람들을
보게 되는데 '쇼맨십'이 정말 나쁜 것일까? 생각하게 되는 때가 있
다. 물론 타인의 공을 가로채거나 나의 실수를 타인에게 미루는 쇼
맨십은 바람직하지 않다. 직장은 전혀 다른 여러 사람이 모여 함께
일하는 곳이다. 일이 되게 하기 위해서는 어느 한 사람만으로 충분
하지 않다. 서로의 합과 곱이 잘 어우러져야 일이 원만하게 흘러갈
수 있다. 그런 직장에서는 나의 실력을 잘 증명해 내는 것도 필요
하다. 나는 이것이 바람직한 "쇼잉(showing)"이라고 생각한다. 그
저 "남에게 잘 보여주는 것"과는 다르다. 여러 사람이 함께 만들어
가는 조직에서는 내가 이 조직에 어떤 역할을 할 수 있는지 다른

조직원들에게 알려줘야 한다.

　어린 시절의 나는 상사와 가깝게 지내는 팀원들을 보면 불필요한 '아부'처럼 보여 불편했다. 하지만 어느 날, 개인적으로 친분이 있는 다른 리더분과 이야기를 나누다가 이런 이야기를 들었다. "내가 과장, 차장일 때까지만 해도 점심 먹을 때마다, 회식 갈 때마다 윗사람 옆에 꼭 붙어 다니는 애들이 그렇게 꼴 보기 싫더라. 근데, 내가 막상 그 자리에 앉아 보니 그런 애들이 그렇게 고맙더라고. 그 애들은 내가 생각했던 것처럼 아부하거나 윗사람 입안에 혀처럼 굴려고 애쓰는 게 아니었어. 그 시간을 이용해 윗사람에게 공유하고 의논하고 의견을 구하는 거였더라고. 리더가 되면 알려주는 것밖에 알 수 없는 것들이 많아져. 서류만 보고 겉으로만 봐서는 디테일한 것까지 보기는 어려운데 그렇게 알려주고 의견을 물어봐 주면 하나라도 더 알려주고 더 챙겨주게 되더라." 그들은 내 생각과는 다르게 "쇼잉"을 하고 있었다. 그들은 공유와 의견을 묻는 과정을 통해 상사가 모르는 디테일을 알려주고, 부족한 경험을 얻었다.

　"쇼잉(showing)"과 쇼맨십은 이렇게 다르다. 쇼맨십은 나를 빛내는 데 사용되지만, 쇼잉은 나와 팀을 안정적으로 성장시키고 운영하는 데 필요하다. 쇼잉은 직장에서 팀을 구성하는 단계에서부터 각자의 역할을 고려하여 구성하는 데 도움이 된다. 일이 진행되는 과정이라도 마찬가지다. 이 사람이 얼마나 해낼 수 있을지를 예측할 수 있다. 조직장의 입장에서 생각해 보자. 내가 다이내믹한 것을 좋아하는 성향이라도 실력이나 성향 예측할 수 없는 팀원에게는 일을 맡기기가 어렵다. 일을 무사히 완수하고 싶은 조직장은 일이 중간에 어그러지거나 다른 팀원들에게 안 좋은 영향을 미친다고 생각하면 아찔하다. 예측이 가능한 팀원은 조직장의 시간과 에너지를 아껴주는 고마운 존재가 된다. 하지만, 내가 기대했던 실력을 발휘하지 못하면, 조직은 쓰지 않아도 되는 시간을 허비하게 된다. 흩어지는 팀원들의 주의를 집중시키기 위해 또 다른 에너지를 쓰게 되기도 한다.

함께 일하는 동료의 입장에서도 마찬가지다. 일은 언제나 계획대로 되지 않고 미래는 예측이 어렵다. 하지만 예측 가능한 동료를 만나면 하는 일이 어느 정도의 속도로, 어떤 결과를 얻을 수 있다는 기대가 가능하다. 험난한 직장생활에서 예측이 가능한 동료와 만나는 건 실로 어마어마한 행운이다. 쇼잉이란, 내가 예측이 가능한 동료가, 팀원이, 또 팀장이 되어주는 일이다. 그리고 제대로 쇼잉을 하기 위해서는 먼저 내 실력에 대한 명확한 인지가 필요하다. 정확하게 알지 못하면서 증명하겠다는 것 자체가 어불성설이다. 내 실력에 대한 인지가 되면 증명하는 것은 훨씬 쉬워진다. 나에게 일을 맡겼을 때 어느 정도를 해낼 수 있는지 꾸준히 증명한다면 조직은 나의 실력에 대한 예측이 가능해진다.

물론, 오래 일해 온 조직에서는 애쓰지 않더라도 쇼잉 할 기회가 많다. 어쩌다 실수하더라도 그동안 보여준 나의 쇼잉으로 충분히 이해받을 수도 있다. 하지만, 새로 합류한 조직이라 쌓아둔 레퍼런스가 없다면 다른 팀원들과의 소통이 좀 더 필요하다. 내가 가진 실력을 있는 그대로 알려주자. 아니 그보다 조금 높여서 알려주어도 좋다. 내가 도전해서 할 수 있는 만큼이라면 새로운 환경에서 동기부여가 되어줄 것이다. 더불어, 내가 실력을 좀 더 발휘할 수 있거나 속도를 낼 수 있는 환경이 있다면 미리 공유해도 좋겠다. 다만, 내 실력이 아닌 것을 내 것인 양 포장하는 것은 위험하다.

다시 한번 말하지만, 쇼맨십과 쇼잉은 다르다. 직장에서 나를 위해, 나와 함께 일하는 동료와 상사를 위해 필요한 것은 나의 능력을 증명하는 "쇼잉(showing)"이다. 아무도 알아주지 않는 혼자만의 마이웨이와 킵고잉은 의미가 없다. 직장인으로서의 롱런을 위해 쇼잉으로 나의 능력을 증명하고 내가 조직에 필요한 사람임을 보여주자.

7

관계의 밸런스로 스트레스
한 방에 날려버리는 법

직장생활에서 모든 일에는 밸런스가 필요하다. 그 밸런스는 흔히 '워라밸'이라 불리는 일과 삶의 밸런스이기도 하고, 일과 관계의 밸런스를 의미하기도 한다. 직장인으로서 무엇보다 가장 중요한 것은 나 자신이고 나 자신을 지키기 위해서는 나와의 관계를 잘 쌓아가야 한다. 하지만 가족이나 연인이 아닌 타인과의 관계가 필수인 직장에서는 상사, 동료, 후배, 부하직원, 고객과의 관계 역시 중요하다. 관계에서 나에게만 주의가 집중되어 타인과 소통이 되지 않거나, 타인의 눈치를 보느라 나를 돌보지 못하는 일이 일어나지 않게 균형을 지켜야 한다.

직장은 모든 것이 다른 타인들이 함께 모여 일하고 생활하는 집단이다. 내가 원하지 않더라도 타인과 관계를 맺게 된다. 직장에서 일어나는 모든 일은 관계로 시작해 관계로 끝난다 해도 과언이 아니다. 그래서 아무리 뛰어난 인재라 하더라도 관계를 맺지 않고 혼자 일을 해나갈 수는 없다.

전에 다녔던 한 회사에서는 잡담을 적극 권장했다. 구성원들끼리의 관계가 일을 좀 더 부드럽게 풀어가는 힘이라고 믿었기 때문이다. 덕분인지 당시 회사의 분위기는 화기애애했고, 그런 구성원들의 관계는 일에도 좋은 영향을 미쳤다. 물론 단점이 없었던 것은 아니었지만 장점의 효과는 분명했다. 그만큼 직장에서 맺는 타인과의 관계는 여러 번 강조해도 부족함이 없을 정도로 중요하다. 하지만, 타인과 관계에서는 나 자신과의 관계도 고려가 되어야 한다. 조직 내 타인과 나의 관계 양쪽에 균형이 필요하다. 롱런하는 직장인이 되기 위해서는 이 두 관계에서 밸런스를 잘 유지해야 한다. 직장인으로서 관계의 밸런스를 잘 유지하는 것은 일을 잘 처리하는 능력 중 하나다.

직장생활에 어려움을 느낀다면, 먼저 타인과의 관계를 먼저 살펴보자. 우리는 직장에서 관계를 맺는 세 가지 경우 중 하나에 해당한다. 타인과의 관계보다 일의 성패 여부를 중요하게 여기는 경우가 그 첫 번째다. 물론 이 경우는 타고 난 성향 자체가 관계보다 나와 일이 중요한 사람도 있다. 일이 되게 하기 위해서는 누군가의 희생이 있을 수 있다고 생각하기도 한다. 특히, 자신 있는 일을 맡게 될 때면 평소에 그렇지 않은 사람도 이런 모습을 보이기도 한다.

두 번째는 나 자신이나 일보다 다른 사람에게 초점을 맞추는 경우다. 보통 이런 경우는 다른 사람과의 관계를 해치지 않는 수준에서 일을 진행하게 된다. 타인의 입장을 배려하느라 업무를 나누거나 요청할 것을 하지 못하기도 하고 상처 입을 것을 걱정하느라 해야 할 피드백을 하지 못할 때도 있다. 또, 일이 되게 하기 위해 누군가 희생해야 한다면 다른 사람보다는 나를 희생하기도 한다.

앞의 두 가지 경우가 모두 잘못되었다고 하기는 어렵다. 상황에 따라 적절한 방법이 다르기 때문이다. 다음으로 세 번째는 일과 나, 타인과의 밸런스를 적절히 이용하는 경우다. 이 역시 타고 난 성향일 수도 있지만, 보통은 오랜 시간 일을 하는 과정에서 그 밸런스를 체득하게 된다.

나와의 관계에서도 타인과의 관계에서도 가장 중요한 점은 솔직함이다. 일할 때의 솔직함을 우리는 '공유'라고 한다. 타인과 함께 하는 직장생활에서 공유는 필수다. 내가 하는 일을 남에게 알려줘야 하지만, 남이 하는 일에도 나의 일 만큼 관심을 가져야 한다. 내 일을 나만 알고 있으면 문제가 생겼을 때 아무도 나를 도와줄 수 없다. 직장은 각자의 일을 잘하기 위해 타인과의 시너지가 반드시 필요한 곳이다. 내 일만 잘하면 된다는 생각은 결코 좋은 생각이 아니다.

함께 하던 팀원이 퇴사하면서 인수인계를 받았는데, 퇴사 후에 그 일의 내막을 알 수 없어 고생하는 일이 종종 있다. 일부러 그러지는 않았겠지만 어떤 일을 혼자 오래 하다 보면 의도치 않게 나만 아는 일이 생긴다. 또 회사는 늘 사람이 부족하다 보니 내 일이 바쁘면 다른 사람의 일이 어떻게 되는지 신경 쓰기 쉽지 않은 것도 사실이다. 어쩌면 퇴사자는 그동안 공유를 꾸준히 했지만, 다른 사람의 일에 관심이 없어 놓쳤을 수도 있다. 그래서 내 일만큼 남의 일에도 관심을 가져야 한다.

직장은 나를 아주 잘 아는 가족이나 친구, 연인은 아니다 보니 사람들과 관계를 맺는데 조심스럽기 마련이다. 아니, 친구나 가족과 함께 운영하는 회사라도 평소에는 만나지 못했던 모습들에 실망하고 상처를 입기도 한다. 사람 대 사람의 관계에서도 솔직함은 도움이 된다. 직장생활을 하면서는 의외로 자신의 감정을 솔직하게 드러내지 못하는 경우가 많다.

특히, "고맙다", "미안하다", "힘들다" 같은 표현을 더 어려워한다. 하지만, 어떤 상황에서 생기는 감정들은 솔직하게 전달하는 것만으로도 문제가 쉽게 해결되기도 한다. 오히려 갈등이 생길까봐 속으로 감춰둘 때 쌓이고 쌓여 문제가 된다. 끙끙대고 감춰두지 말자.

나는 오래 실무를 해왔지만 혼자 하는 일이 익숙했다. 동료들과의 관계는 나쁘지 않았지만, 누군가와 업무를 나눠야 한다면 상대가 부담스러워할까 늘 걱정했다. 어렵게 조직장이 된 이후에도 마찬가지였고, 팀원들이 상처를 입을까 싶어 피드백 기간이면 노심초사하기 일쑤였다. 그때는 일보다 관계가 먼저라 생각했고 진심이 통하면 결국은 일도 잘되게 할 거라 믿었다. 물론 진심이 통할 때도 있었고, 일이 잘될 때도 있었지만 매번 그렇지는 않았다. 그 과정에서 가끔은 솔직하지 못한 팀장, 능력 없는 리더라는 평가를 받기도 했다. 무엇보다 내 마음이 왜곡되어 받아들여질 때 받는 상처는 말할 수 없이 컸다. 그때의 나는 타인과의 관계가 중요하다는 이유로 나를 돌아보지 않았고, 스스로에게도 솔직하지 못했다. 그리고 그 상처가 오히려 나의 직장생활에서 오랫동안 영향을 미쳤다.

일도 감정도 혼자 감추고 쌓아두는 것은 동료, 상사, 후배나 부하직원은 물론 나와의 관계에도 도움이 되지 않는다. 어차피 타인과 함께 어울려야 하는 직장생활이라면 솔직함을 무기로 관계를 쌓아가자. 그리고 나의 감정과 일에도 솔직해져 보자. 그게 일과 나, 타인과 나의 관계에서 밸런스를 맞추는 데 도움이 될 것이다.

8

나갈 때까지 평판 관리에
신경 써라

20년 전 처음 직장생활을 시작할 때만 해도 평생직장은 너무나 흔한 이야기였다. 그래서 당시 신입사원을 채용할 때, 취업 준비생의 흔한 멘트는 "뽑아만 주시면 회사에 뼈를 묻겠습니다."라는 말이었다. 하지만 이제 처음 들어간 직장을 은퇴할 때까지 다니는 케이스는 찾기 쉽지 않다. MZ 세대는 물론이고 40대 이상의 직장인도 마찬가지다. 지금 이 책을 읽는 독자 여러분도 지금까지 최소 한두 번의 이직을 경험했을 가능성이 있고, 앞으로도 한두 번, 혹은 그 이상의 이직을 더 할 수도 있다. 나 역시도 지금의 회사가 13번째이다. 그렇다고 회사들을 이리저리 철새처럼 옮겨 다녔던 것은 아니다. 물론 나의 기준과 맞지 않거나 회사 사정이 갑자기

제3장 슬기로운 직장생활, 이것만 알아도 롱런할 수 있다 　　　　　　　　**143**

나빠졌다거나 하는 등의 이유로 1년을 채우지 못하고 퇴사한 적도 있다. 하지만 보통은 3~4년 이상씩 근무해 왔다. 나만큼은 아니더라도 여러 차례의 이직을 거쳐 현재의 회사에 다니고 있는 경우들이 많을 것이다.

이렇게 직장생활 중 이직을 여러 번 하다 보면 한두 사람 거쳐 아는 사람인 경우가 다반사다. 직접 아는 사람은 물론이고, 지인의 지인인 경우도 많다. 이 말은 나에 관한 이야기가 나를 잘 아는 지인들을 통해서만 전달되지는 않는다는 이야기다. 우리는 이것을 평판이라고 부른다. 그리고 평판이라는 것은 이직할 때는 물론 직장에서 근무할 때도 유효하다.

나를 직접 보고 듣고 함께 일해 본 사람들이 나에 대해 평가해 준다면 그나마 고맙다. 우리는 직장생활을 하다 보면 소문에 휩쓸리는 경우들을 더러 보게 된다. 물론 내가 똑바로 잘 살면 소문 따위 생기지 않을 가능성이 크다. 그러나 소문이라는 것은 교통사고처럼 어느 날 갑자기 생기기도 하고 사실 여부와 관계없이 나의 이후 직장생활과 관계에 큰 영향을 미치기도 한다. 따라서 나를 위해서는 평소에도 평판 관리가 필요하다.

평판은 나를 직접 경험하지 않은 사람에게 나의 이미지를 만들어 주는 역할을 한다. 평소에 평판 관리가 잘 된 사람이라면 애쓰지 않아도 나를 잘 모르는 동료들에게 함께 일해보고 싶은 사람으로 불릴 수도 있다. 당연히 나를 설명하기 위한 시간을 줄일 수 있고, 자연스럽게 일의 효율을 높이기도 한다. 또, 나와 함께 일해 본 사람의 추천이나 소개에 소개를 받아 더 좋은 조건으로 이직에 성공하기도 한다. 반대의 케이스도 물론 가능하다.

그렇다면 평판 관리를 위해 어떻게 해야 할까? 바람직한 평판 관리를 위해서는 일과 관계, 투 사이드로 접근해야 한다. 일을 잘하는 것은 물론이고 다른 팀원들과는 물론 외부 파트너들과의 관계도 관리가 필요하다. 그리고 그 관리의 시작은 지금 내가 하는 일, 내 바로 옆의 동료와 팀원, 상사다.

평판을 관리한다는 명목으로, 어떤 사람들은 좋은 사람으로 혹은 일 잘하는 동료로 보이기 위해 욕심을 더러 부리기도 한다. 가끔은 지금 당장 내가 해야 하는 일보다 빛나 보이고, 더 인정받을 것 같은 일에 힘을 쏟는다. 바로 옆에 있는 동료나 팀원, 상사보다 더 영향력이 있는 누군가와 친해지거나 눈에 들려고 노력하기도 한다. 이렇게 하는 이유는 앞에 이익을 좇을 때 당장은 그 효과가 큰 것처럼 보이기 때문이다.

물론 내가 더 잘하는 일, 나와 더 맞는 동료가 있을 수도 있다. 또, 나를 무시하거나 따돌리거나 불이익을 주는 팀에서라면 애쓰기보다 빠르게 벗어나야 한다. 그게 아니라면 지금의 일이나 동료를 무시한 평판 관리는 있을 수 없다. 좋은 평가는 가까운 사람부터 시작이다. 그 외 다른 사람한테 좋은 평가를 들으려면 가까운 사람의 도움은 필수다. 반짝거리는 크고 좋은 일만 하려고 하는 사람은 다른 사람들에게도 속내가 잘 보이기 마련이다. 혹시 그런 사람이 주위에서 실속을 챙기고 있는 것 같다면 부러워하지 말자. 직장생활을 1~2년 할 게 아니라면 큰 성과만큼이나 작은 성실함과 배려가 켜켜이 쌓여 온전한 내 것과 내 편을 만들어 준다.

또 평판은 내가 요청하기 전에 다른 사람이 말하게 하자. 평소 성실하게 평판을 관리해 왔다면 요청하기 전에 소문으로 퍼지기 마련이다. 내가 움직이기 전에 다른 팀과 회사에서 모셔가려고 애쓸 것이다. 하지만 부서를 이동하거나 이직하기 위해 평판을 요청해야 할 때를 대비해 흔쾌히 참여해 줄 지원군을 만들어두자. 내가 그 조직에서도 충분히 잘 해낼 거라는 믿음을 가지고 기꺼이 평판을 남겨줄 그런 사람 말이다. 만약, 그렇지 않다면 요청하는 사람은 민망하고 받는 사람은 난감하다.

실제로 예전에 팀원들이 맞지 않는다며 일로만 승부를 보겠다고 팀원들과 소통을 전혀 하지 않는 동료를 본 적이 있었다. 경력직으로 입사한 친구였는데 입사한 지 얼마 안 된 시점부터 혼자만의 동굴에 갇힌 것처럼 스스로 동료들과 거리를 두고 업무도 따로 하기 시작했다. 그 후 서로 이직해서 오래 만나지 못했는데 한참 만에 레퍼런스 체크 전화 좀 받아달라며 연락을 해왔다. 업무적 접점 없이 개인적인 대화만 몇 번 나누었던 터라 상당히 당황스러운 요청이었다. 오죽하면 연락했을까 싶어 승낙했지만, 막상 레퍼런스 체크 전화를 받았을 때는 해줄 말이 없어 난감했다. 그 이후로는 레퍼런스 체크에 대해 더 신중해졌다.

직장은 일하기 위해 모인 조직이지만, 일의 성과만으로 해결되지 않는 일이 더 많다. 그리고 오늘 나의 일과 사람을 대하는 태도가 평판이라는 부메랑이 되어 나의 직장생활에 끊임없이 영향을 미친다.

내가 직장인으로 롱런하고 싶다면, 잊지 말자. 직장생활의 위너는 평판이 좋은 사람이다. 평판 쌓기는 '지금, 여기'부터 시작이다.

제 4 장

사회생활,
일상에서 지혜를 수집하라

유 정 미

주변 관계,
재정립이 필요할 때

살아가며 누구와도 인연을 맺지 않고 독불장군처럼 살아갈 수 있는 사람이 있을까? 사람은 태어나는 순간부터 부모와의 인연이 시작되니 누구와도 인연을 맺지 않는다는 건 불가능에 가깝다. 가정, 학교, 사회, 어디에서도 다른 사람과의 연결은 자연스럽고 당연한 거다. 인연이란 때론 삶을 이어가는데 버팀목이 되기도 한다. 그런데 모든 인연과 잘 지낼 필요가 있을까? 어릴 때는 적을 만들지 않고 두루두루 잘 지내야 한다고 배웠다. 사회생활을 하며 관계 경험이 많아지면서 '관계'에 대해 다시 생각하게 되었다.

나에게도 사회생활에서의 '관계'를 다시 생각하게 하는 일이 있었다. 사회 초년생 시절 만났던 직장 동료와 있었던 일이다. 모든 사람에게 좋은 사람이 되고 싶었던 나는 이 동료 덕에 그럴 필요가 없다는 걸 깨달았다. 직장 동료였기에 매일 만나게 되었고, 서로 웬만한 개인 사정은 알고 지냈다. 어느 날부터인가 그 동료에게만 했던 나의 이야기를 다른 사람이 알고 있는 일이 많아졌다. 내가 없는 곳에서 나의 이야기가 오고 가는 게 불쾌하기도 했다. '자리에 없을 때는 나라님도 욕한다.'라는 말도 있으니 나의 불쾌는 오로지 나만의 것이었다.

거기까지였다면 얼마나 좋았을까? 그 동료는 나에 관한 이야기를 다른 동료들에게도 한 후 사람들의 반응을 그대로 나에게 옮기기 시작했다. 나를 칭찬하는 말은 구렁이 담 넘어가듯 하고, 나를 비난하거나 질책하는 말은 적나라하게 전달해 주었다. 곱씹어 보면 다른 사람들이 했던 말들은 그다지 기분 나쁜 말은 아니었다. 간단한 호응 정도였던 말을 마치 그들이 나를 심하게 험담한 것처럼 전했다. 추임새 정도였을 다른 사람의 말에 나는 왜 마음이 흔들렸던 걸까?

나는 무엇 때문에 기분이 나쁜지, 원인을 찾기 시작했다. 지인을 통해 나에 대해 부정적인 말을 한 다른 동료들을 원망하기도 했다. 생각을 거듭한 후, 내가 마음이 쓰이는 이유를 찾았다. 다른 동료들의 말들을 부정적인 어투로 나에게 전달한 동료가 그 원인이었다. 동료가 나를 위하는 마음이 조금이라도 있었다면 다른 동료들이 한 말을 나에게 전달했을까? 아니었을 거다. 동료가 나에게 다른 동료들의 말을 전달해 줄 때의 어투와 행동들은 긍정적이지 않았고, 나의 마음을 불편하게 했다. 다른 동료들이 안 좋은 말을 했더라도 긍정적인 어투와 행동으로 나에게 말했다면 대화 끝에 나의 기분이 엉망이 되지는 않았을 것이다.

나는 그때 내 마음을 흔들었던 원인을 발견하기 위해 '자문자답'을 해보았다. 소크라테스가 대화와 문답을 통해 사람들이 스스로 무지와 편견을 깨닫게 했다는 것에서 착안하였다. 소크라테스는 사람들 사이에서 언쟁이 시작되면 '소크라테스식 문답법'으로 다른 사람들을 설득했다고 한다. 소크라테스는 상대방에게 질문을 던지며 끝없는 동의를 얻어 내고, 상대방은 자신도 모르는 사이에 부정을 긍정으로 바꾸었다. 그는 질문을 통해 설득의 과정을 거친 것이다. 거울을 볼 때 거울 앞에 너무 바짝 다가서면 자신의 모습을 제대로 볼 수 없다. 거울과 자신 사이를 조금은 떨어뜨려 놓아야 그 공간 사이로 자신을 볼 수 있다.

나의 불편한 감정의 원인을 자문자답으로 발견한 후, 나는 더는 지인의 말에 휘둘리지 않기로 했다. 나는 그 동료에게 내가 기분이 상하는 말은 전하지 말라고 딱 잘라 말했다. 단호한 나의 의견에도 지인은 "너를 위해서 이야기해 주는 거야", "나니까 말해주는 거야.", "별거 아닌데 너무 예민한 거 아니야?" 이런 말들을 하며 선을 넘었다.

나는 나를 존중하지 않는 사람에게 감정을 낭비할 필요 없다는 결론을 내렸다. 요즘은 관계를 끊어 버리는 것을 '손절'이라고 한다. 그 동료에게 한 나의 마지막 배려는 관계를 완전히 끊어 버리겠다고 선언하지 않고 조용히 정리하는 것이었다.

오래 묵은 메일이나 스팸 메일, 보관 가치가 없어진 메일을 정리해야 중요한 메일을 놓치지 않고 받을 수 있다. 메일함을 정기적으로 정리해야 하는 것처럼 주변 사람들과의 관계도 정기적인 정리가 필요하다. 내게 상처만 주고, 부정적인 말을 하는 사람은 스팸 메일과 같다. 차단 단추를 눌러 더는 부정적인 감정이 자신에게 오지 않도록 안전장치를 해 두어야 한다.

부정적인 사람을 정리한 후에는 어떤 사람을 중요 메일처럼 남겨 두어야 할까? 살아가다 보면 본의 아니게 남에게 상처가 되는 말을 할 수도 있고, 반대로 상처를 받을 수도 있다. 내가 상대방에게 상처 주었다는 사실을 알아차린 순간, 바로 진심으로 사과해야 한다. 사과를 받으면 사과한 사람이 민망하지 않게 흔쾌히 그 사과를 받아들일 수도 있어야 한다. 서로의 진심을 알아주는 것은 서로 배려하는 마음을 갖는 것이기에 얼굴 붉힐 일이 없다.

습관처럼 대화에 "아니"라는 말을 사용하는 사람이 있다. 상대방이 부정적인 마음을 갖고 있지 않다고 하더라도 '아니'라는 말은 이미 부정의 의미가 들어가 있다. 누군가 어떤 의견을 내었을 때 "아니, 그것보다는~"이라는 말보다 "좋은 생각이야. 내 의견은 ~"이라고 말하는 사람을 곁에 둬야 한다. 긍정적인 답변을 먼저 한 후 자신의 의견을 솔직하게 말하는 사람이 곁에 있는 것이 좋다.

나는 곁에 두어야 할 사람을 판단할 때, 공공기관이나 음식점에서 그 사람이 종업원을 대하는 태도를 본다. 음식점에 가서 주문을 받는 종업원은 다시 보지 않아도 나의 삶에 아무 지장이 없는 사람이다. 앞으로 보지 않을 사람이라고 무시하거나 함부로 대하는 사람은 주변 사람들에게도 예의가 없는 사람일 가능성이 높다. 내가 대우받아야 하는 상황에서도 예의를 다 하는 사람은 주변 사람에게도 최선을 다하는 사람이다.

'솔로프리너'라는 말이 있다. 솔로(Solo)와 기업가(Enterpreneur)가 합쳐진 말로 1인 기업가라는 뜻이다. 복잡하게 얽힌 인간관계도 혼자 꾸려가는 1인 기업처럼 스스로 내 주변을 살피고 정리하며 운영한다는 생각을 가져야 한다. 사람은 혼자 살아갈 수 없다. 여러 사람과 관계를 잘 이어 가야 행복하게 살아갈 수 있다. 주변 관계를 잘 정립하는 것도 타인과 어울리며 사는 방법이다.

대상 시스템을 운영하는 환경에 관한 지식을 도메인 지식 (domain knowledge)이라고 한다. 프로그래밍 전반 지식이 있는 소프트웨어, 의약 산업에 전문화된 지식이 있는 사람을 설명할 때 사용하는 용어다. 즉, 분야에 전문성이 가진 사람을 도메인 지식인이라고 한다. 인간관계에도 나만의 도메인 지식이 필요하다. 자신을 잘 파악하고, 내가 무엇을 좋아하는지, 어떤 사람과 있을 때 어떤 모습이 발현되는지 파악하는 것이 필요하다. 이른바 '나 전문가'가 되어야 한다. 모든 사람에게 좋은 사람일 수는 없다. 주변 관계를 재정립할 때도, '나는 어떤 사람이고, 어떤 성향의 사람과 잘 맞는가?'를 우선 생각해 봐야 한다. 그래야 서로에게 감정 낭비를 하지 않는 건강한 관계를 정립해 나갈 수 있다.

2

조력자와 비판가를
동시에 곁에 두라

사람들은 종종 해결하기 힘든 자신의 문제를 다른 사람에게 묻곤 한다. 모든 해법은 자신에게 있다는 걸 알면서도 자신의 판단이 맞는 건지 확인하고 싶기 때문이다. 주변 사람들에게 자신의 문제점을 물어보면 갖가지 해결책이 쏟아진다. 그 해결책 안에는 긍정적인 의견으로 안심시켜 주는 사람, 따끔한 충고로 정신이 번쩍 나게 하는 사람, 하지 않아도 될 말로 오히려 상처를 주는 사람 등 여러 가지 유형이 있다. 어떤 경우든 문제점을 해결하는 데 도움이 되지 않는 유형은 없다. 다만, 받아들이는 자의 태도가 어떠냐에 따라 결과가 달라질 뿐이다.

어떤 일을 마주했을 때, 항상 좋은 면을 먼저 보는 친구가 있다. 그 친구는 자신의 삶에 만족하고, 자기 자신을 존중한다. 돈이 많거나 풍요로운 삶을 살아서가 아니다. 어떤 일이든 긍정적인 면을 먼저 보려고 노력한다. 누군가 새로운 도전을 한다면 "너라서 잘될 거다.", "내가 여태 본 너는 잘될 수밖에 없다."라는 말을 하며 응원한다. 그리고 "내가 도울 수 있는 일이면 언제든지 말해. 내가 할 수 있는 일이라면 무엇이든 할게. 너를 위해서가 아니라 나를 위해서이기도 하니까 꼭 말해줘."라며 조력자의 역할도 자처한다. 새로운 도전을 앞둔 사람에게는 모든 것이 걸림돌인 것만 같다. 결과가 나오기 전까지 불안하기만 한데 친구가 격려해 주는 말을 들으면 왠지 모를 자신감이 느껴지고, 용기가 생긴다. 내가 힘들 때 도움까지 준다고 하니 보험을 든 것처럼 든든하다.

조력자의 역할은 나의 일에 발 벗고 나서야만 조력자가 되는 게 아니다. 말 한마디를 하더라도 따뜻하게 해주는 것, 나를 있는 그대로 존중해 주는 태도만으로도 충분하다. 나를 존중해 주는 사람이 곁에 있다면 내 삶도 가치 있는 삶처럼 느껴진다. 내 주변에 조력자가 많다면 서로 힘을 북돋아 주며 앞으로 나아갈 힘이 생긴다. 곁에 이런 사람을 두어야 서로에게 시너지를 주는 관계가 된다.

생각을 유연하게 할 수 있도록 해주는 사람 못지않게 내 곁에 꼭 있어야 할 사람이 또 있다. 바로 '비판가'이다. 여기서 비판과 비난을 혼동해서는 안 된다. 비판의 사전적 의미는 현상이나 사물의 옳고 그름을 판단하여 밝히거나 잘못된 점을 지적하는 거다. 반면 비난은 남의 잘못이나 결점을 책잡아서 나쁘게 말하는 것을 뜻한다.

실수하지 않으며 사는 사람이 있을까? 단언컨대 이 세상에 단한 명도 없을 거다. 거대 언어 모델로 정확한 값을 입력한 AI라고 해도 오류가 생기는 일은 생기기 마련이다. 망각의 동물의 상징인 인간이 하는 일에 실수가 없다는 건 모래밭에서 바늘 찾기처럼 드문 일이다. '실수'를 대하는 태도에 따라 '비판'이 될 수도 있고, '비난'이 되기도 한다. 중요한 것은 실수 자체만을 보고 나쁘게 말하는 비난보다는 옳고 그름을 따져 잘못됨을 지적하는 '비판'은 상대방을 성장시키는 역할을 한다.

예전에 제조 회사에서 일한 적이 있었다. 내가 일한 부서는 영업부였고 나는 매출 업무 담당이었다. 거래 내역을 문서로 작성하고 상사의 결재를 거쳐 최종 승인이 나면 업체에 문서를 전송해 금액을 정산하는 일을 했다. 그런데 금액에서 '0'을 하나 더 붙이는 큰 실수를 해버렸다. 여태 그런 실수를 한 적이 없기 때문인지 상사들의 결재도 무리 없이 끝이 났고 문서가 업체로 넘어가도록 내가 무슨 실수를 저질렀는지 알지 못했다. 어느 날 해당 업체에서 연락이 왔다. 그제야 나는 내가 큰 실수를 저질렀다는 것을 알게 되었다. 업체 직원은 경력이 오래된 분이었다. 나는 너무 놀라 어찌할 바를 몰랐다. 업체 직원은 매출 매입이 정확해야 하기에 받지 말아야 할 돈이 입금되면 바로 반환이 된다며 걱정하지 말라고 했다. 상사에게 호되게 혼나기 전에 작은 위로를 받는 느낌이었다.

업체 직원과 전화를 끊고 나서, 상사에게 어떻게 말해야 할지 고민되었다. 예전부터 내가 실수할 때마다 가장 좋다고 생각하는 방법은 솔직하게 말하는 거였다. 작은 실수가 큰 실수로 불어나기 전에 얼른 이실직고하고 사태를 빨리 수습하는 것이 가장 빨리 해결하는 방법이라고 생각했다. 나는 나의 직속 상사에게 가서 솔직하게 내가 한 실수를 말했다. 내 말을 끝까지 들은 상사의 표정이 점점 굳어졌다. 선생님께 혼나기 직전의 아이처럼 나는 바짝 움츠러들었다. 만화 속에 나오는 장면처럼 잘못을 고백하고 전속력으로 도망가 버리고 싶었다. 하지만 책임을 져야 하는 어른이기에 그럴 수는 없었다. 곧 불호령이 떨어질 것을 기다리는 찰나의 순간이 아주 어두운 터널을 지나는 느낌이었다. 상사는 한숨을 한번 깊게 쉬었다.

그리고 첫 마디는 "너만의 실수가 아니네"였다. 문서를 잘못 작성한 나의 잘못이 가장 크긴 하지만 제대로 확인하지 않고 결재한 자신의 실수도 만만치 않다고 했다. 그리고 금액 관련 일을 할 때의 절차에 관해 다시 설명하며 내가 간과한 부분들을 이야기했다. 또 일이 생기자마자 솔직하고 신속하게 말한 일을 칭찬했다. 나는 분명 큰 실수를 했고, 비난받아야 마땅하다고 생각했다. 상사는 일

처리의 옳고 그름을 조목조목 짚어주었다. 그건 나의 실수를 질책하는 비난이 아니었다. 상사는 내가 잘못한 점을 정확히 지적했고, 빨리 대처한 부분은 칭찬했다. 말의 마지막에는 누구나 실수할 수 있으니 괜찮다는 말과 함께 실수는 하되, 똑같은 실수는 또 하지 말라고 했다. 이때 상사가 내게 했던 것은 '비판'이었다. 그의 태도로 나는 실수를 더 겸허히 받아들이고, 한 단계 더 성장할 수 있는 계기를 마련했다.

사람들은 때때로 보고 싶은 것만 보는 '확증편향'에 빠진다. 다른 사람의 생각이 내 생각과 다르면 다른 게 아니라 틀렸다고 생각하는 경우가 많다. 확증편향은 감정에서 비롯되는 것이고, 경험과 기억이 쌓이면 감정도 변한다. 확증편향에 빠지지 않으려면 유연한 사고와 비판적 사고를 균형 있게 맞추는 연습을 해야 한다. 그런 이유로 주변 사람들의 역할이 매우 중요하다. 나를 격려하고 칭찬만 하는 사람만 곁에 있으면 내가 잘못된 판단을 해도 잘못된 점을 모르고 지나칠 수 있다. 또 너무 비판적인 사람만 있다면 자존감을 잃고 앞으로 나아가지 못하기도 한다. 조력자와 비판가를 동시에 곁에 두고 스스로 생각의 균형을 잘 유지할 수 있도록 노력해야 한다.

삶을 일률적인 기준에 따라 나눌 수는 없다. 종종 닥쳐오는 삶의 문제를 혼자 판단하며 살기에는 너무 힘들기에 함께 고민해 줄 사람이 필요하다. 칭찬하는 말에 자만에 빠지지 말고, 비판하는 말에 좌절하지 않아야 한다. 누구나 좋은 말만 하며 사랑받고 싶어 한다. 조력자의 도움으로 나아갈 힘을 얻고, 비판가의 조언으로 개선할 점을 생각하며 내가 성장할 수 있는 발판을 마련해야 한다.

대부분은 비판가의 조언을 불편해한다. 비판가의 말은 처음 들으면 기분이 상할 수 있기 때문이다. 칭찬의 말과 달리 내가 개선해야 하는 점을 이야기하는 거라 지적처럼 들릴 수도 있다. 그러나 비판가의 조언을 듣는 태도도 중요하다. 당장 기분은 나쁘더라도 그 말속의 의미를 깊이 생각해 보아야 한다. 내 행동이나 말에 상대방이 얘기한 부분이 있는지 따져 보고 고쳐야 할 부분이 있다면 빨리 인정하고 받아들여야 한다. 조언한 사람은 미움받을 용기를 내어 나에게 어려운 말을 꺼냈는지도 모른다. 그래서 조언해 준 사람에게 고마움을 전할 수 있어야 한다. 사회생활을 하는 많은 사람에게 당부하고 싶다. 조력자에게 긍정의 힘을 받고 비판가에게는 개선할 점을 찾아 자신만의 삶의 방식을 찾는 시도를 해야 성장하는 삶이 될 수 있음을.

3

옥시토신 호르몬 솟게 하는
진정한 내 편을 만들어라

진화란 유전적 습관을 깨고, 우리가 경험한 것을 미래 발전을 위해 가져다 쓰는 것을 말한다. 그래서 진화에는 고정되지 않고 변천한다는 의미가 내포돼 있다. 눈에 보이는 생물적, 물질적 지화가 그러한데, 사람의 마음은 어떤가? 사람의 마음도 시시때때로 변한다. 다양한 일이 일어나는 사회생활에서 내 마음을 단단히 붙들 수 있는 자기 확신이 필요하다. 하루에도 몇 번씩 결정해야 하는 순간이 온다. 자신에 대한 확신이 없으면 결정이 힘들다. 자신을 믿지 못하고 갈팡질팡하면 결과도 흔들리기 마련이다. 마음을 다잡기 위해 내 마음을 꽉 잡을 수 있도록 자신을 자기편으로 만들어야 한다. 내가 내 편이 되어야 다른 사람을 설득할 수 있고, 나의 확신이 다른 사람에게도 믿음을 줄 수 있다.

자신을 내 편으로 만들고 난 다음에는 나를 확실히 믿어주는 사람을 곁에 두어야 한다. 변화는 세수하는 일처럼 단순한 일상의 반복에서도 일어날 수 있다. 시시각각 변하는 사회에서 살아남기 위해서는 변화하는 과정을 잘 넘겨야 하는데 혼자 헤쳐나가기 힘든 상황을 만날 때, 확실한 내 편은 나를 일으키는 힘을 준다.

요즘 젊은 세대들을 뜻하는 MZ 세대는 사회성 기술이 부족하여 '관계포비아'에 빠진 사람들이 많다고 한다. '관계포비아'는 관계 두려움증을 말한다. 코로나19 시기를 거치고 난 이후에 더 심해졌다고 하니 심각한 문제다. 코로나 때 입학한 대학생들이 관계포비아를 겪고 있는데 대면으로 만나는 것만 불편하게 느끼는 게 아니다. 전화로 하는 대화도 버거워 문자처럼 텍스트를 활용해 소통하는 것을 선호하는 사람도 많다. 출결과 관련된 학사 문의도 본인이 직접 하지 않고 부모가 대신하는 경우도 있다. 전화 통화하는 것에 공포를 느끼는 것은 '콜 포비아'라고 하는데 전화 통화를 하기 전 미리 대본을 작성해 본다고 하니 관계 공포에 관한 심각성이 가볍지 않다. 그래서 대학에서는 인간관계 심리학, 연애의 첫 단추, 결혼과 가족, 행복한 남과 여와 같은 과목을 개설해 이 문제를 개선하려고 노력하고 있다. 이렇게 소통이 어려운 상황에는 오랜 유대 관계로 맺어져 이어온 완전한 내 편이 필요한 거다.

얼마 전 '웰컴 투 삼달리'라는 드라마를 보게 되었다. 드라마 안에서 주인공은 직장 내 괴롭힘 사건에서 가해자로 몰렸다. 오히려 피해자라고 주장하는 사람이 주인공에게 큰 피해를 준 상황이었다. 피해자라고 주장하는 사람은 자신의 잘못을 감추려고 극단적 시도를 했다. 언론에도 일이 알려지자 주인공은 파렴치한 사람으로 몰려 마음이 힘든 시간을 보내고 있었다.

주인공의 주변에는 벌어진 일이 사실인지 아닌지 진실을 알고 싶어 하는 사람은 없었다. 그저 주인공의 마음을 떠보려고 하는 사람들의 연락만 휴대전화 메시지를 메울 뿐이었다. 주인공은 도망치듯 고향으로 내려와 몸을 숨겼다. 서울에서 성공한 삶을 살고 있다고 생각하는 동네 사람들에게 자신의 모습을 들키고 싶지 않았기 때문이다. 하지만 고향을 떠나지 않고 살고 있는 친구들은 달랐다. 고향 친구들은 주인공이 고향으로 온 걸 알게 되었고, 그 어떤 것도 주인공에게 묻지 않았다. 어느 날 친구들과 오랜만에 술잔을 기울이다 잔뜩 취기가 오른 주인공이 외쳤다.

"왜 궁금해하지 않아? 내가 말하고 싶지 않은 사람들은 물어보는데, 왜 내가 변명하고 해명하고 싶은 사람들은 물어봐 주지 않느냐고."라며 땅바닥에 쓰러져 오열했다. 다음 날 친구가 주인공을 찾아와 말했다.

"네가 어제 왜 물어보지 않느냐고 물었지? 그건 아닌 걸 알기 때문이야. 우리가 너를 모르겠어? 설사 그렇다고 하더라도 반드시 분명한 이유가 있을 거였기 때문에 물어보지 않은 거야."

주인공은 친구의 말을 듣고 한동안 멍해지는 얼굴을 하더니 활짝 웃었다. 주인공과 친구는 유대관계를 이어오며 서로가 어떤 모습으로 나타나더라도 그 자리에 있어 주겠다는 믿음이 형성되어 있던 거다.

누군가가 나를 믿어주고 있다는 사실은 한 사람이 지치지 않고 살아가게 하는 원동력이 된다.

타인에 대한 신뢰와 유대감은 나 자신에게는 동기부여를 준다. 사회생활을 하다 지치고 마음이 너무 힘들 때, 어딘가에 나를 단단히 믿어주는 사람들이 있다는 건 흔들리는 마음을 가라앉게 하는 안정제 같은 역할을 한다. 그러한 믿음은 사람과 어울려 살아가기 위해 꼭 필요한 하나의 요소가 된다.

옥시토신이라는 호르몬이 있다. 인간의 감정을 조절하는 일명 '사랑 호르몬'이라고도 불린다. 옥시토신은 사람에 대해 유대관계를 느끼게 하는데 중요한 심리적 역할을 한다고 알려져 있다. 결정이 힘들고, 일이 잘 풀리지 않을 때 옥시토신 호르몬을 솟게 해 줄 진정한 내 편이 있다면 어떤 일이 진행되는 데 좋은 영향을 줄 수 있다. 내 마음이 안정되면 모든 것이 순조롭게 느껴지기 때문이다. 끈끈한 유대관계로 내 편이 되어 주는 사람에게 나 역시 상대방을 항상 응원하며 내 마음을 그의 곁에 두어야 한다. 각자의 생활에 따라 늘 한 공간에 머무를 수는 없지만 내 편이 되어 주는 사람의 가능성을 발견하기도 해야 한다.

　매일 글쓰기가 힘들어 나에게 도움을 요청한 지인이 있었다. 나도 마침 글을 써서 제출해야 할 일이 있어 함께 동기부여가 될 사람이 필요했는데 때마침 지인이 도움을 요청한 거다. 지인과 나는 매일 한 편씩 글을 쓰기로 했다. 그리고 글 완성을 알리는 메시지를 서로에게 보냈다. 꼬박 두 달을 함께 했더니 책 한 권이 나왔다. 지인도 나도 서로의 가능성을 응원하며 매일 글쓰기를 했고, 그 결과로 책을 한 권씩 출간하게 되었다.

　매일 글을 쓰는 일은 많은 에너지가 필요하다. 혼자 시도했다면 중도에 포기했을지도 모른다. 서로 격려하며 마음을 북돋웠기에 가능했던 일이다. 나의 시간을 지인에게 쓰고, 지인도 자신의 시간을 나에게 내주며 서로를 독려했다. 만약 내가 하는 일을 하찮게 생각하거나 불필요하게 느끼는 사람이 곁에 있었다면 결과는 달라졌을 거다. 이처럼 어떤 일을 이루는 과정을 누구와 함께 하는지는 매우 중요하다. 든든한 사람을 곁에 두면 방황하던 마음도 정착하여 단단히 묶인다. 마음이 단단해지면 나에게 쓴소리를 하는 사람들의 의견에도 귀 기울일 수 있는 유연함이 생긴다.

　F. 스콧 피츠제럴드의 《위대한 개츠비》의 마지막 부분에 꼭 기억하고 싶은 문장이 나온다. 소설 속의 화자 '닉'이 '개츠비'를 기억하며 남긴 부분이다.

"개츠비는 그 초록색 불빛을, 해마다 우리 눈앞에서 뒤쪽으로 물러가고 있는 극도의 희열을 간직한 미래를 믿었다. 그것은 우리를 피해 갔지만 별로 문제 될 것은 없다. 내일 우리는 좀 더 빨리 달릴 것이고 좀 더 멀리 팔을 뻗을 것이다. 그리하여 우리는 조류를 거스르는 배처럼 끊임없이 과거로 떠밀려 가면서도 앞으로, 앞으로 계속 나아가는 것이다."

오래도록 마음 깊이 남기고픈 문장이다. 살아가며 힘든 상황이 닥쳐도 그 상황을 해결하고 뛰어넘으며 앞으로 나아갈 수밖에 없는 것이 인생이다. 내가 나를 믿고 든든한 내 편이 되어 주는 것, 내가 무엇을 하던 영원한 내 편이 되어 주는 친구를 곁에 두는 것, 그리고 내 곁에 있는 내 편의 가능성을 나 또한 믿는 마음, 이러한 마음이 곁에 모여 옥시토신 호르몬이 치솟는 삶이 오래도록 이어지길 바란다.

4

불안한 내 마음을
완벽하게 정화 시키는 법

많은 사람이 새로운 도전 앞에서 하루에도 몇 번씩 '만약에'를 언급하며 최악의 시나리오를 쓴다. 어떤 일을 시작할 때뿐만 아니라, 하는 중에도, 일이 마무리되고 결과를 기다릴 때도 '만약'은 마음 한구석에서 깊숙이 자리 잡고 나를 옭아맨다. 왜 그럴까 곰곰이 생각해 보니 마음이 불안해서였다. 혹시나 일의 결과가 좋지 않을까 봐 일이 완벽하게 끝날 때까지 마음을 놓지 못하는 것이다.

불안한 마음을 털어 버리려고, 주변 사람들에게 자신의 심정을 털어놓으면 '걱정 그만해. 다 잘될 거야.'라고 한다. 분명 잘될 거라고 응원해 주는 말이긴 한데 전혀 위로되지 않는다. 오히려 '정말 잘 되는 거 맞아?'라며 반문하게 된다. 주변 사람들의 위로도 마음이 진정되지 않으면 불안한 마음은 더욱 가중된다.

　몇 년 동안 일하던 회사에서 퇴사하고 논술 전문 교사로 이직하여 일한 적 있었다. 일반 회사에서 일할 때는 사무실 내에서 주어진 업무를 하면 되었다. 논술 교사가 되고부터는 학생들이 있는 곳으로 내가 방문하는 형태로 일하게 되었다. 신입은 6개월 동안 아침 일찍 출근하여 회사 교육을 듣고 수업을 나가야 했다. 신입 선생님은 선배 선생님들을 학생처럼 앞에 두고, 모의 수업을 하며 실습을 했다. 모의 수업이 끝나면 선배들의 피드백을 받았다. 교육이 끝나면 바로 학생들의 집에 찾아가 수업했는데 아이들과 나는 거실에서 수업하고, 학부모는 곁에서 지켜보고 있었다. 교육을 받을 때나 수업을 받을 때도 누군가가 얼마나 잘 하나 하고 감시하는 것만 같았다. 교육 시간이나 수업 시간이 다가오면 입이 바싹바싹 마르고, 화장실이 가고 싶어졌다. 나도 모르는 사이에 강박 관념에 시달리고 있었던 거다. 잘하고 싶은 마음이 커서 실수라도 하는 날에는 질책을 당할까 봐 혼자 전전긍긍했다.

　늘 불안감을 안고 살아가던 어느 날, 내 마음이 자꾸 불안해지는 이유가 무엇인지 생각했다. 나는 무엇을 두려워하는 것일까? 나는 불안한 마음을 잠재우고자 그때부터 불안에 관한 책을 읽기 시작했다. 한 분야의 책을 최소 10권 읽으면 또 다른 불안이 온다. 왜냐하면 알면 알수록 모르는 것이 늘어나는 모순된 현상을 경험하기 때문이다. 그때 10권을 더해 20권을 읽으면 고민에 대해 윤곽이 잡히고 그 분야에서 어느 정도 아는 힘이 생긴다. 그리고 결국 깨닫게 된다. 아는 것이 힘이고, 아는 것이 곧 모르는 것이기에 계속 책을 읽고 상황에 맞는 마음공부를 해야 한다는 것을. 알면 알수록 모른다는 것을 깨닫게 되면 멈추게 될 것 같지만 이끌리듯 계속 책을 읽고 공부하는 나를 발견하게 된다.

책을 읽고 발견한 생각의 꼬리 끝에는 내가 행하는 모든 일의 기준이 내가 아니었다는 결론이 생겼다. 나는 선배들에게 잘 보이고 싶었다. 학부모에게는 이제 갓 들어온 신입이면서 경력이 많은 선생님처럼 보이고 싶었다. 그동안 나의 머릿속에는 온통 남에게 어떻게 보이느냐가 중요했던 거다. 내 모습을 결정하는 기준을 내가 아니라 타인에게 맞추고 있었던 사실을 깨닫자 부끄러워졌다.

남이 나를 보는 관점은 때에 따라 다를 수 있다. 회사에서 퇴사하면 다시는 보지 못할 사람도 있고, 오늘의 내 모습을 기억조차 하지 못하는 사람도 있을 거다. 그런데 나는 어떤가? 좋고 싫고의 감정을 떠나 나는 나와 평생 마주할 수밖에 없는 운명 같은 존재다. 그렇다면 내 삶의 기준은 누구여야 할까? 바로 나 자신이어야 한다.

다른 사람에게 완벽하게 보이는 일은 애초에 이루어질 수 없는 거다. 나는 불안에 관한 책을 충분히 읽고 나서야 내 불안이 어디서 시작되었는지 알게 되었다. 그리고 내 마음에 검은 연기처럼 가득 차 있던 불안의 구름을 완벽히 걷어 내고 맑은 기운으로 바꿔 놓을 수 있었다. 내 마음의 기준점을 나에게 두기 시작하면서, 나는 다른 사람의 눈을 덜 의식하게 되었다. 그리고 타인에게 잘 보이기 위해 내 마음이 다치는 일을 그만하게 되었다.

심리학 용어 중에 '후광 효과'라는 말이 있다. 후광 효과는 어떤 사람이 가지고 있는 특별한 특징이 그 사람의 다른 특성을 평가하는 데 영향을 미치는 효과를 말한다. 나는 모든 일의 기준을 나에게 두기 시작하면서 수업 준비도 내가 잘할 수 있는 티칭 방법을 연구했다. 학부모와 하는 소통도 내가 잘하는 분야를 부각하며 신뢰감을 쌓아갔다. 그 후로 나만의 특징 있는 수업 방식을 터득할 수 있었다. 학생들이 나를 생각할 때 친근하고 말이 잘 통하는 선생님으로 인식하기 시작한 것이다. 그러면서 타인에 의한 후광효과가 아닌, 나만의 후광 효과를 가지게 된 것이다.

불안한 마음을 돌아보고, 불안 요소에 관한 책을 여러 권 읽었다면 혼자 읽는 것에 그치지 않고 함께 읽고 이야기 나눌 수 있는 '독서 모임'에 참여해 보는 것도 좋다. 우리 사회에서 흔히 스테디셀러라는 유명 도서들은 인터넷 검색만 하면 어떤 내용인지, 서론에서 결론까지 상세히 나와 있다. 그런데 독서 모임을 하면 인터넷 정보에서 얻을 수 없는 다양한 정보와 책에 관해 생각할 거리를 경험할 수 있다. 독서 모임에 참여해 보면 내가 정답이라고 생각했던 많은 일이 정답이 아닐 수도 있다는 생각을 많이 하게 된다. 세상을 단순히 몇 가지 이론만으로는 설명할 수 없다. 여러 사람과 책에 담긴 내용으로 이야기 나누다 보면 완벽하다고 생각했던 원칙들이 삶을 유연하게 살아가는 데 방해가 될 수도 있음을 깨닫게 되기도 한다. 해결되지 않았던 삶의 문제도 사람들과 대화하며 서로 간의 공감을 통해 탁한 마음을 정화하기도 한다.

사회생활하며 마음이 흔들리는 경우를 많이 경험한다. 마음이 힘들 때 지인에게 털어놓으면 마음이 가벼워질 수 있다. 그건 잠시뿐, 내 안에 있는 감정을 시원하게 쏟아내기는 힘들다. 나의 힘든 마음을 타인이 내 일처럼, 정성껏 들어주는 것은 힘든 일이다. 나이가 들수록 나의 어려운 점을 다른 사람에게 이야기하기도 자존심 상한다. 나의 불행이 타인에게 가십거리가 되는 경우가 있기 때문일 거다.

어떤 일이든 결과는 내가 통제할 수 없다. 하지만 그 일을 겪는 과정에서 일어나는 나의 태도는 통제할 수 있다. 내가 통제할 수 있는 범위 안에서 내 마음이 불편하지 않은 과정을 선택하면 된다. 불안한 마음을 완벽하게 정화하는 방법은 완벽하지 않아도 된다고 생각하는 여유로운 태도다. 세상에 티끌 하나 없는 완벽함은 없다. 부족한 부분을 이해하고 유연하게 생각하는 태도가 완벽함의 화룡점정이 될 것임을 믿어 의심치 않는다.

5

후회 없이 현명하게
선택과 결정을 하고 싶다면

어떤 일을 시작하며 고민을 거듭하는 이유는 후회하고 싶지 않기 때문일 거다. 결정을 어떻게 하던 좋은 점과 나쁜 점이 있기 마련이다. 행복과 불행은 내가 일의 결과를 보는 관점이 어떠냐에 따라 달라진다.

넷플릭스에서 방영된 드라마 〈정신 병동에도 아침이 와요〉에서도 한 가지 행동이 가져오는 양면성을 보여주는 장면이 있다. 드라마에는 간호사 정다은이 주인공으로 나온다. 웬만해선 과 이동을 하지 않는다는 3년 차에 정다은은 정신과 병동으로 과 이동을 한다. 수간호사 선생님의 권유 때문이었다. 수간호사 선생님이 정다은에게 과 이동을 권유한 이유가 드라마 장면으로 나온다. 이유는 바로 '너무 주변을 배려하기 때문'이었다. 이유만 들으면 당황스럽다. 남을 배려하는 게 왜 부정의 의미를 담고 있는 것인지 의문이 들기 때문이다. 그런데 곧 좀 더 명확한 이유를 알 수 있었다.

정다은은 환자들을 돌볼 때 환자 한 명 한 명을 그냥 지나치지 않는다. 일일이 체크하고 불편한 부분은 모두 해결해 주려 한다. 온 마음을 다한다는 뜻이다. 정다은의 그런 부분이 동료 간호사들에게는 불편 사항이 되었다. 병실을 돌고 나면 간호사실에 와서 각자 맡아 줘야 할 일이 있는데 정다은이 항상 늦게 복귀하는 바람에 일이 자꾸 늦어졌던 거다. 간호사가 환자를 위해 최선을 다하는 건 맞지만 내 최선이 다른 사람에게 피해를 준다면 또 의미가 달라진다. 정다은은 그 사실을 뒤늦게 알고 충격을 받게 되고 자신을 자책하며 살아간다. 자신이 한 많은 배려가 다른 사람에게 좋지 않은 영향을 주는 것을 자꾸 경험하면서 괴로워한다.

세상의 모든 일에는 동전의 양면처럼 장단점이 동시에 존재한다. 내가 일의 결과를 부정적으로 보고 자책만 한다면 그 자리에 머무는 사람이 된다. 선택의 사전적 의미는 여럿 가운데서 필요한 것을 골라 뽑는 거다. 여러 경우의 수 중 하나를 골라 내가 결정하는 것이 선택이다. 결정은 내가 선택한 것을 바탕으로 행동이나 태도를 분명하게 정하는 거다. 선택과 결정의 사전적 의미를 살펴보면 그 중심에는 '나'라는 공통점이 있다. 내가 선택하고 내가 결정하는 것, 결국 내가 중심이 되어야 한다는 거다.

그러나 선택에 있어, 나는 어떻게 되든 상관없고 다른 사람이 만족하면 된다고 생각하는 사람이 있다. 나의 선택으로 다른 사람이 불편을 겪느니 차라리 내가 좀 불편하고 말면 된다는 식이다. 이런 사람은 선택과 결정의 주체가 내가 아니기에 어떤 선택을 하더라도 결과가 나쁘면 내 탓을 하기 바쁘다. 선택의 주체가 내가 아니었으니 내 마음 나도 모르는 상태까지 이어진다. 일의 결과에서 후회하지 않으려면 불확실한 미래를 확신으로 바꾸는 연습을 해야 한다. 바로 리스크를 관리하는 거다. 선택과 결정의 범위 안에서 다양한 상황과 조건을 비교하고 덜 후회하는 방향을 정해야 한다.

후회 없는 선택을 하기 위해서 무언가 중요한 결정을 할 때, 몰입해야 한다. 내 생각을 한 쪽으로 모으고, 집중해야 다음 단계가 보인다. 생각의 꼬리를 물고, 내가 원하는 것이 무엇인지 차근차근 따져 보아야 한다. 불확실한 일을 확실하게 바꾸는 방법에는 글쓰기가 있다. 먼저 원하는 것이 무엇인지 써 본다. 한 가지 방법으로 결정했을 때의 장단점, 결정하지 않았을 때의 장단점을 따져 본다. 두 가지 갈림길에서 내가 덜 상처받고, 단점에서도 배울 수 있는 부분을 찾아 결정하면 된다.

가장 중요한 것은 결정의 중심이 타인이 아니라 나여야 한다는 거다. 내가 중심이 되면 내가 무엇을 좋아하고 싫어하는지 명확해야 한다. 글쓰기는 내 생각을 명확하게 해주는 중요한 수단이 된다. 내 생각을 밖으로 꺼내고 글로 써 보면 점점 내가 원하는 것이 무엇인지 뚜렷하게 보인다.

글을 쓰면 자신을 돌아보는 시간도 가질 수 있다. 어떤 일에서 무엇이 마음에 들지 않았는지, 무엇에 화가 났는지, 어떤 것을 개선할 수 있을지 등 글을 쓰면 눈에 보이고, 확실해진다. 머릿속에 있는 것들을 꺼내어 글로 정리하면 내 마음속에서 복잡하게 얽혀 있는 것들이 청소된 것처럼 말끔해지는 것을 느낄 수 있다.

또 글을 쓰면 실제로 일어나지 않는 것들에 관한 두려움도 걷어낼 수 있다. 생각만 하는 것은 뚜렷하게 결론 난 것이 아니기 때문에 내 마음 안에서 부정적 작용을 한다. 밖으로 꺼내지 않은 생각들은 생각 자체로만 머물고, 정리되지 않으니 복잡하기만 하다. 마음을 글로 써서 밖으로 표출하면 두려움이 확실함으로 바뀌고 일목요연한 개선 방법들도 떠오르게 된다.

타인의 의견이 나의 선택과 결정에 큰 영향을 주면 이미 일의 주도권이 내가 되는 것이 아니다. 그래서 내가 무엇을 원하는지 모르는 상태에서 내가 결정해야 할 부분을 다른 사람에게 먼저 물어보는 것은 위험하다.

일의 방법을 다른 사람에게 찾아 달라고 물어보는 게 아니라 내

결정을 타인에게 설득하기 위해 물어보아야 한다. 나의 확고한 생각으로 설득하는 과정에서 타인의 조언을 들을 수 있다. 나와 생각이 다른 부분에서는 상대를 설득하며 내 생각을 이해하게 만드는 것이다.

어떤 선택에서든 단점은 반드시 존재한다. 일이 결정되고 결과가 나오면 결과의 장점을 바라보고 내가 이룬 성과들을 스스로 칭찬해야 한다. 결과의 단점은 그대로 넘겨서는 안 된다. 단점을 바라보며 자책할 게 아니라 단점을 어떻게 보완할지 개선점을 고민하며 단점을 장점으로 바꾸는 기회를 포착해야 하는 거다.

"진실로 마음을 견고하게 세워 한결같이 앞을 향해 나아간다면 태산이라도 옮길 수 있으리라"

다산 정약용의 말이다. 현명한 선택을 고민하기 전에, 나의 복잡한 마음을 단순하게 만들고 견고하게 내 마음을 바로 세우는 것이 먼저다. 확고한 마음을 가지고 앞으로 나아간다면 후회 없는 결정과 선택을 할 수 있다는 사실을 잊지 말자.

6

'용기'가 새로운 기회를
가져다준다

소설 구성의 3요소는 인물 사건 배경이다. 소설은 인물이 겪는 갈등이 발생하고 해소되는 과정에 따라 이야기가 전개된다. 일반적으로 발단-전개-위기-절정-결말로 나뉜다. 소설 속에 등장하는 주인공은 늘 위기를 겪고 절정 부분에서 갈등이 최고조에 이른다. 주인공이 갈등 상황을 해결하려는 과정에서 여러 등장인물과 힘겨루기를 하고 고통을 감내하고 난 후에야 사건이 마무리된다. 여기서 중요한 것은 주인공이 경험을 통해 개인적인 마음의 안전 대책을 마련하는 부분이 반드시 있다는 거다. 이는 실제 사람들의 삶 속에서도 마찬가지다. 삶을 살며 인생에 위기를 한 번쯤 겪어 보지 않은 사람이 몇 사람이나 될까? 위기를 어떻게 극복하느냐에 따라 삶의 결과가 달라진다.

　나는 학생들에게 글쓰기를 가르치는 일을 하고 있다. 이 일을 처음 접한 것은 2006년부터였다. 초기에는 논술 전문 회사에 들어가 강사로 시작했다. 그곳에서 전반적인 커리큘럼을 배우고 공부한다는 생각으로 일했다. 하지만 점점 회사 내부 조직에서 나와 맞지 않는 일로 부담을 주어서 퇴사하고 싶은 생각이 간절했다. 그러나 내가 회사 안에 소속되어 있는 것은 튼튼한 조직에서 보호받고 있는 느낌이 들어 쉽게 퇴사를 결정하지 못했다. 이 조직에서 나가면 나는 실패할 것 같았고, 세상에 혼자 남겨지는 듯한 마음에 불안한 생각이 들었다. 혹시나 회사에 피해가 갈까 봐 학부모의 부당한 요구나 말에도 꾹 참고 버티고 또 버텼다.

　어느 날 문득 이런 생각이 들었다. '나는 무엇이 두려워 퇴사를 미루는 것일까?' 고민은 많이 했는데 구체적으로 생각해 본 적이 한 번도 없었다는 것을 깨달았다. 뭐가 문제인지도 모르고 두려워만 하고 있었던 거다.

　그때 내가 제일 먼저 생각한 것은 나의 '취약성'이었다. 취약성이 약점이라고 생각해서 용기를 내지 못한다는 결론을 내렸기 때문이다. 취약성은 약점이 아니라 보완해야 할 점이라고 생각하니 마음이 훨씬 가벼워졌다. 당시 내가 보완할 점은 다른 회사 글쓰기 교재에 대해 알아보는 거였다. 다니고 있던 회사 교재만 알았지 다른 회사의 글쓰기 교재에 대해서는 생각해 보지 않았던 거다. 정보가 턱없이 부족해서 두려움만 컸다. 회사에서도 홍보를 위해 '우리 교재만 특별해'라는 의미로 교사 교육을 하고 있었으니 머릿속에 각인되어 그랬는지도 모른다.

나는 그때부터 다른 논술 회사 교재를 구해 연구하기 시작했다. 다니고 있던 회사 교재와 다른 교재에는 어떤 다른 점이 있는지, 각각의 차별성을 알아보며 교재들을 비교하는 공부를 했다. 나의 취약성을 인정하고 무엇이 필요한지 파악한 후 실천에 몰입한 것이다. 그동안은 내가 무엇이 부족한지 모르고, 생각해 보지 않았으니 채워야 할 점도 불투명하기만 했다. 교재 연구하며 불투명했던 것이 점점 명확해졌다. 공부하고 나니 퇴사에 관한 결심이 점점 뚜렷해졌다.

하지만 여전히 두려움은 남았다. 회사 시스템에 들어가기만 하면 모든 일이 자동으로 굴러가게 돼 있는 회사 조직을 버리기에는 내가 작은 존재처럼 느껴졌기 때문이다. 많은 고민 끝에 퇴사를 결심했고, 얼마간의 인수인계 후 나는 퇴사했다.

퇴사 후에 여러 글쓰기 교재로 학생들을 가르칠 수 있는 경험을 많이 했다. 여러 가지 교재를 공부하고 경험도 쌓으니 교재를 자체 제작하는 수준까지 이르렀다. 물론 그 과정에서 힘든 일이 없던 것은 아니었다. 경력자인데도 불구하고, 신입보다 더 낮은 수준의 월급을 받기도 했고 예전보다 엉망진창인 조직 시스템에 예전 회사를 그리워하며 일했던 적도 있었다. 하지만 그동안 쌓은 경험은 무엇과도 바꿀 수 없는 나의 탄탄한 경력이 되어 주었다.

얼마 전, 예전에 함께 일했던 동료를 아주 오랜만에 만났다. 그 동료는 결혼 후 아이를 출산하기 전까지 일하다가 경력이 단절된 상태로 오랜 시간이 흘렀다고 했다. 일을 쉬는 동안, 다시 일해 보려고 여러 학원에 면접을 보러 다녔다고 한다. 면접을 보던 한 원장이 "아이가 갑자기 아프면 어떻게 하나요? 지금 일이 간절한 게 맞나요?"라는 질문을 받고 다시 취업할 마음이 사라졌다고 했다. 분명 아이들은 갑자기 아플 테고, 일이 간절한 게 맞긴 하지만 갑자기 아이가 아프면 수습하지 못할 상황이 될까 봐 포기했다고 한다.

동료의 이야기를 들으며 내가 여러 학원을 옮겨 다니며 이직했던 순간들이 떠올랐다. 경력이 많아 욕심이 나는 인재라도 상황이 여의치 않을 경우를 원장들은 늘 생각한다. 당연하다. 학부모는 원을 믿고 아이들을 맡기는 것인데 강사의 개인 사정으로 피해를 주는 상황이 생기면 곤란해지기 때문이다. 하지만 나는 그 동료에게 그럼에도 불구하고 일할 것을 권유했다. 시간이 지난다고 해도 없던 용기가 생기지 않고, 기회가 아무 때나 찾아오는 것이 아니라는 이유였다.

할 수 없는 핑계를 찾으면 할 수 없는 이유가 생기고, 할 수 있는 이유를 찾으면 할 수 있는 이유가 생긴다. 그 이유는 내가 만드는 것이고, 극복할 수 있을지의 여부도 자신에게 달려있기에 그럴 때 필요한 건 딱 한 가지이다. 그것은 바로 '용기'이다. 용기를 내고 새로운 세상으로 들어가면 그 안에서 여러 가지 일을 배우게 되고 어려움을 해결할 방법들이 생긴다. 해결 방법들이 100% 마음에 차지 않고 불완전할 수도 있다.

용기가 중요하고, 삶에 큰 영향을 미치는 것을 알면서도 도저히 용기가 생기지 않을 때가 있다. 그럴 때는 스스로 두려움을 느끼고 있다는 것을 인정하고 자신에게 '긍정적인 대화'를 시도해야 한다. 사회생활을 하며 다른 사람과의 관계를 원활하게 하기 위해서는 상대방의 행동과 말의 표현 방식을 이해하려고 노력하는 것처럼 말이다. '내 두려움은 일을 시작하면 사라질 거야'라고 스스로 마음을 안정시키는 과정이 필요하다. 내 두려움을 인정하지 않으면 부정적인 감정의 노예가 된다. 두려움 너머에는 험난한 과정도 있지만, 그 과정을 뛰어넘으면 보람된 순간이 반드시 올 거라는 것을 스스로 확신하는 시간을 가져야 한다. 이런 과정을 거치면 용기를 가지는 데 도움이 될 것이다.

불완전한 것을 완전하게 만들기 위해 노력하는 시간이 나의 또 다른 경력으로 연결된다. 내가 내는 용기가 정서적으로 안정된 삶을 이룰 수 있게 하고 그런 안정감이 해방된 마음으로 이어갈 수 있게 한다. 용기는 내 생각과 행동들을 하나로 연결하여 융합적 사고를 만든다. 실수하며 후회하는 순간이 생겨도 여러 번 용기 내어 도전한 경험은 타인이 진심으로 해주는 피드백을 자기식으로 받아들일 수 있는 여유로움을 안겨준다. 용기 하나가 새로운 기회를 만들고 그 기회들이 모이면 앞으로의 내 삶의 든든한 갑옷이 된다. 일단 용기를 내어 시작해 보자.

7

나쁜 실패와 좋은 실패를
구분하라

늘 성공만 하며 사는 사람이 있을까? 성공한 경험이 많은 사람은 성공 과정에서 분명 실패를 경험했을 텐데 주변 사람들은 성공에만 관심 있고, 실패해 본 경험은 궁금해하지 않는다. 실패하는 경험은 불편하고 떠오를수록 아픈 것이니 늘 실패와 더불어 살면서도 실패를 냉정하게 대한다. 실패를 부정적인 마음으로 보는 관점을 긍정적으로 바꿔보는 태도가 필요하다. 위기를 기회로 보아야 한다는 마음을 가지게 된 일을 경험하기 전에는 나 역시 실패가 두려웠다.

오래전, 계약직으로 한 회사에 입사한 적이 있다. 회사의 자재를 관리하는 부서에서 일하게 되었는데 그 부서에서 나만 계약직이었다. 부서에서 나만 계약직인 것도 모자라 사무직 사원 전체 중 나만 계약직이라는 사실은 더 많은 시간이 흐른 뒤에 알게 되었다. '나만'이라는 상황은 나를 외롭고 비참하게 만들었다. 그래도 버틸 수 있었던 이유는 부사장과의 약속 덕분이었다. 입사할 시 부사장은 면접에서 1년 뒤에 내가 정규직이 될 수 있도록 해주겠다고 약속했다. 그 약속은 회사에서 힘든 일이 있어도 버티는 힘이 되어 주었다.

내가 일했던 부서에는 커다란 자재 창고가 붙어 있었다. 사원들이 자재를 구하러 자재 창고에 오면 물건을 찾아 주고, 반출, 반입을 기록해야 하는 일을 했다. 이 일은 나뿐만 아니라 우리 부서에 있는 사람들 모두가 틈이 날 때마다 해야 하는 일이었다. 그런데 부서 회의가 있는 날이면 계약직이었던 나는 창고를 지켜야 했다. 팀장은 몇 시에 부서 회의를 시작한다는 말과 함께 나는 창고에서 대기하라는 말을 덧붙였다. 그럴 때는 창고에서 회의가 끝날 때까지 기다려야 했다. 계약직의 서러움이 어떤 것인지 뼈저리게 느끼며 남몰래 눈물을 흘렸던 순간이었다. 어떤 서러운 일이 일어날 때마다 '1년 뒤에 정직원이 된다'라는 말을 되새기며 버티고 견뎠다.

1년이 지난 시점부터 나는 정규직으로 전환될 거라는 생각에 들떴다. 그런데 시간이 지나 1년 6개월이 지나도록 정규직이 된다는 소식은 없었다. 그러던 어느 날, 약속했던 부사장의 퇴사 소식이

들렸다. 팀장은 부사장이 퇴사하던 날 나를 불러 부사장이 퇴사해서 정규직 전환을 해주겠다는 약속을 지킬 수 없다고 말했다. 그리고 미안하다고 했다. 미안하다는 말은 내 마음에 억울함으로 박혔다. 그 순간부터 나는 실패했다고 생각했다. 회사에 입사한 것부터 실패고, 젊은 날 1년 6개월을 서럽게 버틴 일도 쓸데없는 시간이었다고 자책했다.

다음 날부터 머릿속이 복잡해졌다. 무엇을 어떻게 해야 할지 몰랐다. 회사에 남으려면 어떠한 희망도 없이 여태 지내왔던 것처럼 살아야 했다. 그러기에는 자존심이 허락하지 않았다. 좌절은 잠시, 이 상황이 또 다른 기회가 아닐까 생각했다. 퇴사할 이유가 분명했으니 오히려 당당한 마음도 생겼다. 고민 끝에 퇴사를 결심했다.

퇴사를 결심한 후, 나의 목표는 한 달 안에 모든 걸 정리하는 거였다. 결심한 순간부터 이직을 위해 고군분투했다. 이직할 목표의 회사 조건은 정규직일 것, 현재보다 연봉이 20%는 더 높을 것, 지금 다니는 회사보다 규모가 더 큰 회사일 것 등 나름의 규칙도 정해 두었다. 구직 활동에는 구인 광고에 나온 회사로만 제한하지 않았다. 구인 광고에 나오지 않았지만 내가 들어가고 싶은 회사에도 이력서와 자기소개서를 보냈다. 이력서를 보낸 회사에서 연락이 없어도 도전하고 또 도전했다. 목표한 시간이 다 되어갈 즈음 내가 정한 조건을 다 갖춘 회사에서 연락이 왔다. 마침, 회사 휴가 기간이라 눈치 보지 않고 면접을 볼 수 있었고, 최종 심사에서 합격 통보를 받았다. 합격 통보를 받은 다음 날, 다니고 있던 회사 부서장에게 사직서를 제출했다. 이직할 회사 이름과 연봉을 듣더니 팀장도 축하해 주며 나의 앞날을 응원해 주었다.

사직서를 내고 다른 회사로 이직할 날짜가 일주일쯤 남았던 어느 날, 전화 한 통을 받았다. 구인 광고가 나오지 않은 회사에 내가 무작정 이력서를 보낸 회사 중 하나였다. 그 회사는 대기업이었는데, 나에게 직접 전화해 함께 일해 보자며 제안했다. 나는 이미 취업이 되었다며 정중히 거절했다. 나에게 전화를 주신 분은 목소리에 연륜이 묻어나는 분이었다. 그분은 나에게 영원히 잊지 못할 말을 남겼다.

"내가 구직자들한테 직접 전화하지 않아요. 하지만 내가 직접 전화한 이유는 젊은이의 패기를 칭찬해 주고 싶었어요. 우리 회사에 오지 않아도 괜찮아요. 젊은이는 어디서든 잘될 겁니다. 혹시 취직된 회사에서 퇴사하게 되면 이 번호를 기억해 뒀다가 나에게 꼭 전화해 주세요. 요즘 보기 드문 젊은이라 꼭 함께 일해 보고 싶어요. 도전하는 마음 절대 잃지 말고 잘 살기 바랍니다."

좌절의 순간을 기회라고 관점을 살짝 바꿨을 뿐인데 나는 더 나은 조건을 가진 회사로 이직할 수 있었고, 얼굴도 모르는 어른에게 칭찬도 받았다. 내가 좌절된 현실을 좋은 상황으로 바꿀 수 있었던 이유는 실패를 나를 무너뜨리는 절망적인 언어로 볼 게 아니라 재도전의 기회로 삼았기 때문이다.

실패도 나쁜 실패와 좋은 실패가 있다. 나쁜 실패는 결과에만 초점이 맞춰지고 문제점을 은폐한다. 하지만 좋은 실패는 새롭게 도전하는 기회로 삼고 성장하는 기회를 만들 수 있다. 창의적인 생각 하나로 글로벌 기업을 일군 스티븐잡스와 일론머스크도 끊임없이 도전하고 실패했다. 그들에게 실패는 하나의 기회를 만나기 위한 디딤돌이었을 것이다.

창조적 파괴라는 말이 있다. 창조적 파괴는 경제 발전과 혁신의 핵심 원리 중 하나이다. 이 과정에서 생기는 희생은 일시적이다. 최종적으로는 새로운 산업과 기술의 발전으로 사회 전반에 긍정적인 영향을 미치게 되는 것을 말한다. 사람이 살아가는 과정에도 창조적 파괴의 순간을 겪는다. 한 번도 가보지 않은 길, 익숙하지 않은 길은 불편하다.

하지만 누구나 현재 상황을 혁신적으로 바꾸려면 기존의 틀을 깨는 과정이 필요하다. 파괴와 창조는 한꺼번에 일어난다. 창조적 파괴의 과정에서는 기존에 만들어진 많은 것들이 사라지거나 축소된다. 창조되는 부분은 기쁨을 누리지만 파괴되는 부분은 고통을 겪는다. 고통의 시간을 겪고, 실패 후 새롭게 도전하는 과정을 겪으며 성장하는 것이다.

트라이씨 기업 심리학에서는 원하는 미래를 달성하기 위해서는 정신적인 대조가 필요하다고 했다. 정신적 대조는 긍정적인 결과를 먼저 떠올리고 목표를 자기 상황과 맞게 어떻게 효과적으로 만들고 실행할 수 있을지 생각해 보는 거다. 시작의 시기, 장소, 방법을 구체화하면서 내가 하는 행동이 자동으로 목표 지점에 도달할 수 있도록 유도하는 것이다.

실패를 실패로만 보지 않고 경험의 과정으로 보는 삶의 태도가 미래에 오늘과 다른 나를 만든다. 결과에만 초점이 맞추어지는 나쁜 실패는 버려야 한다.

또한, 실패한 결과로만 나를 판단하는 사람들을 가까이 두는 것도 나쁜 실패다. 일의 과정을 중시하고 실패하더라도 일이 진행되는 과정에서 있었던 배움에 대해 생각해 보는 태도를 가진 자만이 좋은 실패를 경험할 가치가 있다. '승자는 한 번 더 시도해 본 패자다'라는 말도 있지 않은가. 실패를 두려워하지 말고, 오히려 실패와 친해져야 한다. 나부터 실패에 관대해지는 마음을 가지고 더 많은 긍정적인 결과를 얻으며, 내가 꿈꾸는 삶에 더 가깝게 다가갈 수 있도록 노력하자.

8

매일 1%만 노력하면,
해빗(habit)이 된다

아침에 일어나면 깊이 생각하지 않고 욕실로 향하여 세수하고 이를 닦고, 몸을 단장한다. 귀찮아서 몸을 일으키기도 쉽지 않은 날도 많다. 일단 일어나면 내 몸이 자동으로 움직인다. 그것은 매일 하는 습관으로 자리 잡았기 때문이다. 평범해 보이지만 습관으로 자리 잡은 행동 속에 핵심이 숨어있다. 바로 '매일'이라는 거다. 아주 두꺼운 책을 흔히 '벽돌 책'이라고 부르는데 두껍고, 흥미가 없는 책이라도 매일 조금씩 나누어 읽으면 어느새 완독하게 된다. 이렇게 매일 하는 것은 힘이 세다. 지겹고 힘든 일도 힘을 덜 주며 완성에 이를 수 있게 한다.

나는 매일 아침 신문을 읽는다. 신문을 읽게 된 건 학생들에게 더 많은 정보를 주기 위해서였다. 처음 1년 동안은 신문사 사이트에 접속해 온라인으로 신문을 읽었다. 온라인으로 신문을 읽으면 좋은 점은 나중에 또 볼 것을 대비해 인터넷 주소를 기록해 놓았다가 언제든지 다시 접속해 읽을 수 있다는 거다. 하지만 단점이 있었다. 인터넷으로 보는 신문은 보고 싶은 것만 보게 된다는 거였다. 나는 1년 뒤 종이 신문을 구독하는 것으로 신문 보는 방법을 바꾸었다.

종이 신문이 배송되면 매일 아침 6시부터 신문을 읽기 시작한다, 신문에는 여러 가지 정보와 소식들이 가득 담겨 있다. 신문에도 목차가 있다. 책에 쓰여 있는 것처럼 자세하진 않지만 그날 주요 기사를 간단하게 제목과 키워드로 표시한 곳이 있다. 목차를 한 번 읽고, 필요한 부분을 표시해 둔다. 다음에는 기사 제목을 전체 훑어 읽기를 한다. 큰 제목을 읽고, 작은 제목을 읽는다. 주요 기사는 키워드 정리가 되어 있는 것도 있어서 키워드도 훑어 읽는다. 전체적으로 훑어 읽기를 하며 자세히 읽어 볼 기사를 연필로 표시한다.

그리고 다시 처음으로 돌아가 연필로 표시한 부분을 꼼꼼히 읽는다. 꼼꼼히 읽은 기사 중에서 오늘의 '원픽'을 골라 간단히 기사 정리를 하고, 기록한다. 그날 기록한 기사는 나의 학생들에게 이야기가 되어 전달된다. 아이들이 흥미로워하는 기사도 있고, 관심 없는 기사도 있는데 학생들에게 도움이 될만한 주제라면 무엇이든 가능하다.

종이 신문을 읽고 난 후 내가 관심이 없는 부분에 대한 정보까지 자연스럽게 읽게 되었다. 처음에는 신문에 나오는 경제 용어가 너무 어렵게 느껴지고, 과학 분야에 관련된 기사도 이해가 되지 않았다. 이슈가 되는 일은 반복적으로 기사로 나와서 곧 용어에 익숙해지고 이해가 되었다. 이런 과정을 자꾸 경험하다 보니 이제는 어려운 부분이 나오면 곧 익숙해질 거라는 걸 알고 끝까지 읽는다. 매일 새로운 단어가 나오고, 새로운 분야가 소개된다. 읽으면서 모르는 부분은 인터넷에 검색하여 구체적인 사례를 읽고, 이해하려고 노력한다.

신문을 읽으면 세상이 정말 빠르게 변하고 있다는 걸 느낀다. 내가 가진 재능이 급속도로 변하는 기술의 속도를 따라가기는 힘들다. 하지만 환경을 뛰어넘는 꾸준함으로 조금씩 따라가면 된다고 생각한다. 바로 '그릿', 끈기의 힘이다. 신문을 읽다 보면 내가 많이 부족하다는 것을 자주 느낀다. 모르는 것이 매일 나오고, 그것을 찾고 이해하는 과정이 때로는 버겁고 힘겹게 느껴지기도 한다. 학생들이 알면 좋은 정보를 쉽고 재미있게 전달해야 하는 직업을 가지고 있으니 배움에 관한 것을 게을리할 수도 없다. 꾸준히 조금씩 쌓아 올리는 것만이 부족한 재능을 채울 수 있는 방법이라고 생각한다.

 일할 때 재능만으로 좋은 결과를 얻기는 어렵다. 재능은 있는데 이루는 과정에서 열정적인 끈기를 발휘하지 못한다면 일은 미완성으로 남게 된다. 재능보다 더 중요한 것이 끝까지 해내는 힘이라고 할 수 있다. 어떤 일을 성공시키려면 능력 이상으로 노력해야 한다. 집중하고 노력하면 타고난 재능이 없더라도 노력으로 이루어낸 과정이 마치 원래 잘하던 탁월한 재능처럼 굳어지는 경우도 있다. 이것이 바로 끈기의 힘이 강하다는 것을 보여주는 예이다.

 《굿모닝 해빗》의 저자 '멜 로빈스'는 매일 아침 거울을 보고 자기 자신에게 '하이 파이브'를 했다. 유치하게 보일 수도 있는 행동이라고 생각할 수 있지만 묵묵히 자기 자신을 위해 매일 하이 파이브를 외쳤다. 거울에 비친 자신의 모습이 초라해도 매번 자기 자신과 마주했다. 거울 속의 나와 손을 마주 대며 하는 하이 파이브는 자신을 응원하는 힘이 되었다. 그 힘은 자신에게 부정적이었던 생각을 긍정적으로 바꾸게 했다. 멜 로빈스처럼 내가 나를 적극적으로 응원하고 지원해 주면 높은 회복탄력성을 가지게 된다. 내가 나를 믿으니 심리적 안정을 느끼게 되는 것이다. 내가 나를 신뢰하고 존중하는 것은 어떤 일이든 해낼 수 있게 한다.

 열정적인 끈기가 쌓이면 해빗(habit)이 된다. 해빗은 습관이다. 한꺼번에 많은 것을 하려면 누구든 버겁고 부담을 느낀다. 끈기를 발휘해 매일 조금씩 하면 좋은 습관이 된다. 중요한 것은 '그만두지 않는 힘'이다. 새해가 되면 사람들은 늘 결심한다. 하지만 너무 빨리 그만두고 포기한다. 이렇게 쉽게 결심하고 또 금방 포기하는 사람들을 위해 '작심삼일'이라는 말을 다르게 해석하는 현상도 생겨났다. 작심삼일의 원래 뜻은 '결심이 오래가지 않고 흐지부지되는 것'을 뜻한다. 사람들이 빨리 결심하고 자주 그만두는 것을 막기 위해 '삼일마다 다시 시작하기'로 바꾸어 생각하기도 한다. 작심삼일의 의미를 다르게 해석하니 조금씩 단계를 올리는 좋은 방법으로 탈바꿈한 것이다. 이것은 쉽게 포기하는 사람들에게 좋은 방법이 되고 있다.

좋은 습관도 설계가 필요하다. '내가 이 일을 할 수 있나?'라는 생각보다는 '내가 이 일을 하기 위해 어떤 일을 먼저 하면 될까?'로 시작해야 접근이 쉽다. 명확한 목표 설정과 구체적인 실천 계획은 나를 움직이게 한다. 사소한 성공은 스스로에게 동기부여를 주고, 빠르게 포기하는 것을 막는다. 회복력을 잃지 않고 나를 단단하게 지키는 힘으로 작용하는 것이다. 마음속 깊이 숨어있는 잠재력을 발휘하게 해야 한다. 실행하고 실수하고 수정을 반복하는 과정을 그만두지 않고 꾸준함으로 밀고 나가야 한다. 자신이 가지고 있는 것을 매일 1%만 꺼내어 노력하면 된다. 그 꾸준함은 내 삶을 받쳐줄 든든한 해빗(habit)이 되리라 믿는다.

제 5 장

세컨드 라이프를 준비하기에
완벽한 타이밍은 없다

우 희 경

세컨드 라이프,
탐색부터 시작하자

세계 4대 성인 중 한 명인 공자는 마흔을 '불혹'이라 칭했다. 세상일에 정신을 빼앗겨 흔들림이 없는 나이라는 뜻이다. 그러나 흔들리지 않는 마흔은 없을 정도로 요즘 마흔은 혼란스럽기만 하다. 덕분에 '마흔 앓이' '사십춘기'라는 신조어가 나올 정도다.

대부분 대학 졸업 후, 취업과 결혼한다. 그 후엔 아이를 키우면서 정신없이 산다. 그러다 보면 어느새 40대가 된다. 마흔이 흔들리는 이유는 짊어져야 할 짐의 무게는 무겁지만, 정작 자신을 돌볼 여유는 없기 때문이다.

많은 사람이 마흔이면 한 분야에서 일가를 이룰 수 있을 거라 여긴다. 재정문제도 없고, 정신적으로도 안정적으로 될 것으로 생각한다. 현실은 그렇지 못하다. 또한 점점 빨라진 퇴직 시기에 인생 중반 이후의 삶을 준비해야 할 부담에 마음은 분주하기만 하다.

나는 남보다는 빨리 서른 중반쯤 '마흔 앓이'를 심하게 앓았다. 그쯤 내가 가는 길이 맞는지에 대한 삶의 지표가 흔들리기 시작했다. 아무리 열심히 살아도 큰 변화 없는 삶에 무기력함을 느꼈다. '나는 누구인가?'를 질문을 하며 아직 찾지 못한 자아상에 혼란을 가중했다.

삶에 주어진 허들을 하나씩 넘으며 맞닥뜨렸던 현실은 녹록지도 않았다. 그런 삶이 내가 원하는 삶인가에 대한 질문에도 뚜렷한 답을 내리지 못한 상황이었다. 주변 사람들에게 조언을 구했다. 돌아오는 답은 '뭘 그렇게 심각하게 살아?' '꼭 내가 누구인지 알아야 해?' '살던 대로 살아!'라는 말뿐이었다. 주변의 훈수보다 나의 내면에서 하는 말에 따라 세컨드라이프를 설계하고 준비한 덕에 지금은 출판 기획자와 책 쓰기 코치로서 인생 2막을 살고 있다. 그때를 떠 올리면 그 혼란스럽던 상황에 여유 있게 대처했더라면 좋았을 걸 하는 아쉬움이 있다. 그중 하나가 '나를 알아가는 시간'이다.

대부분 세컨드 라이프를 고민하며 눈앞의 이익에만 초점을 맞춘다. 당장 이익을 좇다가 또다시 후회하고, 다른 일 알아보기를 반복하다 원래대로 돌아간다. 내가 원하는 두 번째 삶을 꾸리기 위해서는 다시 20대로 돌아가 '자아 탐색'과 '진로'를 생각해 보는 시간이 필요하다. 그러나 20대와는 다르게 현실과 동떨어져 허황하거나 무책임한 선택이어서는 안 된다. 조금 현명하게 접근할 필요가 있다.

인생 중반 세컨드 라이프를 위한 선택에서 가장 먼저 필요한 것은 '있는 자리에서 시작하는 것'이다. 직장을 다니고 있다면, 현 상태를 유지하며 퇴근 후나 주말 시간을 활용하여 탐색 활동하기가 시작이다. 그래야 시행착오를 줄일 수 있다.

책 쓰기 컨설팅을 하며 알게 된 A 씨가 있다. 그는 17년간 공직 생활하며 업무 경력을 쌓았다. 그는 자기 일에서 비전을 느끼지 못한다며 퇴사를 고려하고 있었다. 한 가정의 가장이기도 한 그는 책을 쓴 후, 다른 삶을 준비하고 싶다고 했다. 그의 이야기를 들은 후, 나는 그에게 최소 1년에서 3년은 준비하고 어느 정도 준비를 한 후에 그만둬도 늦지 않다고 조언했다. 하지만 그는 회사에 적을 두고 있으면 절대 퇴사할 수 없다며 강수를 둬야 한다고 했다.

내가 그의 퇴사를 말린 이유는 한 가지였다. 충분한 탐색 과정을 거치지 않았기 때문이다. 세컨드 라이프를 준비할 때 심사숙고해야 하는 부분은 앞으로 가야 될 방향에 대한 탐색과 어느 정도의 준비다.

퇴사한 지인이 '경제적 자유'를 누렸다거나 이제야 원하는 일을 하며 '행복한 삶'을 누리고 있다는 말을 들으면 흔들릴 수 있다. 당장 회사 밖으로 뛰쳐나가 다른 일을 하면 지금보다 더 나은 삶이 펼쳐질 것 같은 착각에 빠지기도 한다. 그러나 지인의 성공 사례가 나의 사례가 될 수 없다. 그의 성공을 논하기 전에, 어떤 준비 과정을 통해 독립했는지를 살펴보는 것이 우선되어야 한다. 왜냐하면 2030 세대처럼 실패하면 다시 도전하기에 리스크가 크며, 대책 없이 삶을 바꾸기에는 책임져야 할 가족이 있기 때문이다. 세컨드 라이프를 준비해야겠다는 생각이 든다면 '탐색'을 통해 내가 가야 할 방향성을 선정하는 것이 중요하다.

말이 쉽지, 바쁘게 살다 보니 '자아 성찰'을 하거나 '탐색'을 어디서부터 어떻게 해야 할지 도통 갈피가 잡히지 않는다. 이때 필요한 것이 적극적인 '딴짓'이다. 아이들은 자기가 좋아하는 것을 찾을 때 이것저것 다양한 시도를 통해 알아간다. 어른의 '딴짓'도 아이와 비슷해야 한다. 물론 세상의 속세에 많이 물들어 예전처럼 순수한 열정을 갖기는 어렵다. 그럴 때일수록 의식적으로 어린아이의 마음을 배워야 한다. 내 마음 알기 어렵다면 아래처럼 자아 탐색을 위한 '딴짓'할 때는 리스트를 먼저 작성해 보자.

딴짓 리스트

1. 20대로 돌아간다면 꼭 하고 싶은 일 5가지

1)

2)

3)

4)

5)

2. 이것저것 계산하지 않고 내 마음이 원하는 일 5가지

1)

2)

3)

4)

5)

3. 인생 후반을 생각하며 후회 없이 살기 위해 내가 해야 될 일 5가지

1)

2)

3)

4)

5)

딴짓 리스트는 과거 내가 하지 못해서 후회하는 목록과 현재 내 마음이 원하는 일을 그리는 것부터 시작된다. 미래에 하고 싶은 일을 적을 때, 진정으로 하고 싶은 일이 주가 되어야 한다. 그러면 유사하거나 공통으로 발견되는 나의 '관심 분야'가 보이기 시작한다. 이렇게 관심 분야를 적어도 3~4개 정도만 추려내자. 그 후에 1년~3년 정도의 시간을 갖고 꾸준히 배워보자. 그러면 내가 그 분야에 소질이 있는지 혹은 흥미가 있는지 알 수 있다. 3~4가지의 딴짓 중 더 공부하고 싶은 분야가 생긴다면 그 분야를 깊이 파고들면 된다. 그다음에 수익화나 직업화할 수 있는 분야를 찾아보면서 서서히 한 분야의 방향성을 그려 보는 것이다.

가장 느린 것이 가장 빠르게 도달하는 법이다. 빠른 결과나 성과를 보려고 하면 오히려 계속 시작만 하다 끝을 못 보는 경우만 생긴다. 탐색 과정을 통해 충분한 시간을 들여 다양한 시도를 많이 해야 한다. 그래야 두 번째 인생에 걸맞은 나만의 길을 찾을 수 있다.

30대 초반까지를 인생 전반전이라고 한다면, 전반전은 후천적 환경에 많은 영향을 받았다. 부유한 환경에서 자란 사람은 그렇지 못한 사람에 비해 더 좋은 선택을 할 확률도 높다. 비교적 순탄한 삶을 살았을 가능성도 크다. 그래서 20대 중반에 선택한 직업은 환경의 영향을 받거나 자신의 의지보다 부모의 의견이 많이 반영된다.

마흔 이후에 성장통이 심한 사람들은 보통 자유의지로 선택한 직업보다 환경적 원인이나 주어진 조건에 의해 일을 해 온 사람이 많다. 서른 중반 이후는 오직 나의 자유 의지에 의해 삶을 통제하고 일구어 나갈 수 있다. 경제 활동하며 또 다른 학업을 이어갈 수도 있고, 그동안 못했던 일에 도전할 수 있기 때문이다.

삶의 전환점이 필요하다고 느껴진다면 적극적인 딴짓 활동을 통해 내가 원하는 방향의 세컨드라이프를 탐색해 보자. 그런 활동이 당장 금전적 이익을 안겨 주지 못할지라도 장기적으로 보면 삶의 지표를 다듬는 기회가 된다. 그것을 기반으로 인생 중반전 이후의 삶을 설계할 수 있을 것이다.

2

두 번째 인생을 위한
'자기 발견 법'

　나를 제대로 알고 자기 재능을 파악하여 살아가는 사람이 몇 명이나 될까? 지금의 30·40세대는 주입식 교육을 받고 앞만 보고 달려온 세대다. 환경적 영향으로 자기 자신을 잘 이해하며 성인이 된 경우는 많지 않다. 그도 그럴 것이 과정보다 결과를 지향하는 사회에서 자기 적성에 맞는 직업보다는 현실적인 상황에 맞춰 직업을 선택한 사람이 대부분이다.

　20대 중반에 사회생활을 시작하며 다양한 사람을 만나고 여러 가지 일을 경험하면서 자기의 성향이나 적성을 파악하게 된다. '내성적이다.' '외향적이다.'와 같이 단순한 성향 파악을 먼저 한다. 그뿐만 아니라 '창의적이다.' '문제해결이 뛰어나다.' '순발력이 있다.' '협조를 잘한다.'와 같이 세부적인 자신의 강점도 알게 된다. 이렇게 일을 하며 발견되는 것은 자신의 특성이나 성향이다. 이런 성향을 알게 되는 시점이 30대 중후반쯤이다. 반대로 묵묵히 해 오던 일에 권태감을 느끼거나, '이 길이 진정 내가 원하는 길인가?' 하는 고민하게 되는 시기이기도 하다.

사회생활을 시작하면서 한 번쯤 지난 과거를 돌아보고, 자신의 미래를 그려보게 되는 시점이 있다. 이런 생각이 들 때가 '자기 발견'의 최적기이다. 20대까지는 자기 삶에 대해 깊은 고민 없이 세상에 맞춰진 기준대로 살아가는 경우가 많다. 즉, 자기 발견의 기회 없이 휩쓸리듯 산다. 어린 나이부터 자신의 재능이나 강점을 발견하게 되는 경우도 있지만, 이런 사례는 드물다. 후천적 환경으로 다양한 기회에 노출이 되어 자신을 알아갈 시간이 남들보다 많은 경우가 아닌 이상 사는 대로 생각하며 살게 된다.

살면서 '내가 가는 이 길이 맞는가?' 혹은 '앞으로 인생 중반 이후에는 어떤 삶을 살 것인가?'에 대해 고민이 생길 때가 있다. 그런 생각이 든다면, 두 번째 인생을 서서히 준비해야 할 타이밍이다. 특히 요즘처럼 평생직장이나 평생직업의 개념이 모호할 때, 자기 발견을 통해 새로운 삶을 모색할 필요가 있다.

앞서 제시한 대로 퇴근 후나 주말을 활용하여 딴짓하며 탐색 활동했다면, 어느 정도 자신의 흥미를 발견할 확률이 높다. 그다음으로 선행되어야 할 것은 '자기 발견'이다. 마흔 정도의 나이가 되면, 나를 잘 알고 있다고 생각하기 쉽지만 의외로 자기 자신을 객관화하기는 쉽지 않다. 따라서 일부러 시간을 내어 자기 객관화 작업을 통해 끊임없이 '나'라는 사람의 가능성을 찾고 발견해야 한다.

인생 중반에 하는 '자기 발견'은 그동안 경험치를 바탕으로 현재의 생각과 미래의 자아상을 연결하고 통합하면서 서서히 드러난다. 인생의 중반쯤 왔을 때, 자기 주도적인 삶을 살기 위해서는 아래와 같은 과정으로 자아 발견하는 과정을 거치면 도움이 된다.

1단계: 멈춤

자아가 흔들리거나 지금 가는 방향의 재설정이 필요하다고 느껴진다면 지금 상태를 멈춰야 한다. 회사에서 돌아와 고된 사회생활을 보상하듯 매일 TV를 켜며 맥주 한잔하고 넷플릭스를 정주행하고 있다면, 이런 습관 먼저 끊어야 한다. 사람의 습관은 한 번 잘못 길들면 끊기 어렵다. 되돌이표처럼 계속 반복되는 생활이 몇 년째 유지가 되고 있다면 나쁜 습관을 끊자. 그 후, 자기 삶을 돌아볼 시간을 먼저 가져 보자. 이 단계에서 평소 생활 습관을 끊기가 어렵다면, 과감하게 휴직을 통해 나를 물들었던 환경과 기존에 만났던 사람에서 멀어져야 한다. 태초의 '나' 자신으로 돌아가 내가 몰랐던 '나'를 발견하기 위해서는 우선 기존 관습을 끊고 멈춰서야 한다.

2단계: 비움

새로운 세계를 받아들이는 데 필요한 것 중 하나가 '비움'이다. 내 안의 깊은 곳까지 들어가 진정 '나'라는 사람을 알기 위해서는 기존 생각을 버려야 한다. 그래야 새로운 생각이 떠오르고, 내가 미처 알지 못했던 '나'라는 사람의 모습을 바라볼 수 있다. 비우지 않고, 이전 경험에서 떠오르는 생각은 편견을 벗어나기 어렵다. 사람은 본능적으로 자기만의 경험을 바탕으로 생각하고 판단한다. 따라서 그동안 나를 사로잡았던 고정관념을 완전히 비워야 한다.

3단계: 인정

인정 단계는 과거와 현재 나의 상태를 객관적으로 바라보고 '인정'하는 단계다. 가장 순수했던 어린 시절로 돌아가 그때 내가 무엇에 흥미를 느꼈고, 또 어떤 것을 잘했는지부터 찬찬히 살펴보자. 사회생활 물들기 전 나의 순수성에서 나의 재능이나 강점을 발견하게 되는 경우가 많다. 예를 들어, 초등학교 시절 칭찬받았던 일을 떠 올리거나 유난히 재미를 느꼈던 부분이 있었다면 적어보자. 잊고 있던 어린 시절에서 나의 재능이 발견되기도 한다.

그뿐만 아니라, 이 단계에서 현 나의 상황을 객관적으로 바라봐야 한다. 그 과정이 불편하게 느껴질지도 모른다. 나이는 이미 마흔인데, 이룬 것이 없다는 생각도 들 것이고, 반대로 이 정도면 충분히 잘 살아왔다는 생각이 들 수 있다.

자신의 실력이나 상황을 객관화하는 작업은 어렵고 불편한 일이다. 그러나 현 상황을 인정하는 단계를 잘 거쳐야 다음 단계로 성장할 수 있다. 나를 과소평가할 필요도 없고, 과대 포장하지 않아도 된다. 있는 그대로 10년 전, 5년 전 나의 모습과 비교해 보거나, 현재 내가 이루고 싶은 모습을 한 사람과 나의 현재 실력을 맞대어 보자. 그 과정이 괴롭더라도 객관적인 나의 모습을 인정해야 한다. 이 과정에서는 현재 나의 모습을 객관화하기 위해 수치로 남겨 보거나, 현재까지 성취한 모습을 기록해 보면 쉽게 다가갈 수 있다.

4단계: 채움

그다음은 채우기 단계다. 머릿속에서 여러 가지 경우의 수를 따지며 계산기로 두드리며 나에게 이익이 되는 것을 채우라는 말이 아니다. 여기서 채우기는 순수한 자기 내면의 소리에 귀를 기울여 채워나가는 과정이다. 단순하게 말하면, 나에게 큰 이익이 되지는 않지만, 꼭 하고 싶었던 일부터 채워나가야 한다.

예를 들어, 어릴 적 피아노를 치고 싶었지만, 경제적인 상황 때문에 배울 기회가 없었다면 '피아노 배우기'가 '채움 목록'에 있어야 한다. 채움 목록에 어떤 현실적인 계산이 들어가지 않고 순수한 마음으로 채워 넣어 보자. 가능성의 유무도 따지지 말아야 한다. 있는 그대로 내가 '나'를 드러내기 시작하면 거기서 나의 욕망도 보이고, 나의 재능도 드러나게 된다. 채움 단계에서 할 일은 앞으로 1년, 3년, 5년 뒤 미래를 생각하며 갖고 싶고, 이루고 싶고, 하고 싶은 목록 100개를 작성해 보는 것이다.

위의 단계대로 진행하다 보면, 기존 체계를 부수고 새로운 세계를 받아들일 수 있다. 또한, 인정과 채움 단계를 통해 '내가 좋아하는 것' '내가 관심 있어 하는 것' '나의 성향' '나의 욕망' 중 유사성 있는 패턴이 발견되기 시작한다. 이런 과정은 나를 이해하는 데 도움이 된다.

순수한 나의 욕망을 적다 보면 '이런 과정을 20대에 했으면 더 좋았겠다.'라는 후회가 밀려오기도 한다. 지금 시작해도 충분하다. 그동안 쌓아온 경험치가 많아, 20대보다 인생 중반에 하는 '자기 발견'이 더 좋다. 오히려 더 깊이 자기 자신을 이해할 수 있다. 나에게 잘 보이려고 하는 것이 아닌, 나의 바닥과 민낯을 마주하겠다는 마음으로 임해 보자. 이 과정을 충실하게 거친다면 현재의 '나'를 있는 그대로 사랑하게 되고, 가슴 뛰는 미래를 설계할 수 있다.

나를 가로막는 부정적 장애물
어떻게 극복할까?

　새로운 일에 도전하려고 할 때, 나를 가로막는 것이 있다. 어떤 이는 '이유'라고 말하고 또 다른 이는 '핑계'라고 말한다. 이유와 핑계는 언뜻 보기에 비슷해 보이지만, 그 내면에는 확실한 차이가 있다. 이유는 합당한 근거를 바탕으로 내린 것이고, '핑계'는 어쩔 수 없이 피하고자 내린 결론이라는 점이다.

　예를 들어, 여행을 가려고 하는데 내가 가려고 하던 그날 태풍이 있어서 가지 못했다. 이것은 이유다. '태풍'은 나의 의지대로 할 수 있는 것이 아니기 때문에 합당한 근거가 된다. 반대로 '여행을 가고 싶었지만, 시간도 없고 돈도 부족해서 포기했다.'라고 말한다면 이건 이유가 아니라 핑계다. 자신이 하고자 하는 일(여행)을 하기 위해 시간을 마련하고, 돈을 모을 수 있는 시간이 충분히 있었음에도 하고자 하는 바를 포기 했다는 것은 '핑계'일 가능성이 높다. 내가 마음만 먹는다면 충분히 여행을 갈 여건을 마련할 수 있다. 불가항력적인 환경이 아니라는 뜻이다.

대부분 알게 모르게 이유가 아닌 '핑계'를 대면 살고 있다. '돈이 없어서' '기회가 없어서' '시간이 없어서' 이런 핑계는 내가 도전하지 못하는 것을 합리화한다. 핑계를 대면, 하지 못하는 이유를 포장할 수 있고, 그 순간 죄책감에서 벗어나게 될 수 있다. 이런 태도가 계속된다면 앞으로도 지금과 같은 현실을 벗어나지 못한다. 평범한 사람이 그 환경보다 다른 삶을 살기 위해서는 세 가지가 필요다. 돈, 시간, 노력이다. 내가 가진 것을 기꺼이 내놓아 투자할 수 있어야 한다. 충분한 시간과 그에 합당한 노력도 필요하다. 이 세 가지가 모두 합을 이루었을 때, 내가 처한 현실과 다른 삶을 살 수 있다.

아쉽게도 많은 사람이 '내 삶을 바꾸고 싶어' '지금보다 나아지고 싶어' '더 나은 삶을 살고 싶어'라는 욕망이 있지만 그리 쉽게 변하지는 못한다. 그렇게 하려면 헌신해야 하지만, 그렇게 살고 싶어 하지는 않는다.

내 삶을 바꾸기 위해 헌신까지는 감당해도 중도 포기하는 사람도 있다. 그 이유는 항상 나를 둘러싼 '부정적 장애물'을 극복하지 못하기 때문이다. 사람의 삶이 매번 막힘없이 잘 나가면 좋겠지만, 현실은 그렇지 못하다. 가고 싶은 길을 가다가 적도 만나서 싸워야 할 때도 있고, 예기치 못한 장애물을 만날 수도 있다. 그럴 때마다 주저앉아 버린다면 세컨드 라이프를 위한 준비는 중도 포기로 끝나 버린다.

지금은 한 사람의 일생을 100~120세로 생각한다. 인생 중반전인 마흔 전후는 시간으로 친다면 11시 정도밖에 되지 않는다. 다음 삶을 준비할 만한 충분한 시간이 있다. 나이를 숫자 그대로 받아들여 지레 겁을 먹거나 '살던 대로 살자' 라는 안일한 생각하게 된다. 경험치가 많다는 것은 더 이상 새로운 경험을 할 기회가 줄어들었다는 뜻이기도 하다. 그렇기 때문에 도전하는 것이 예전보다 그리 설레지도 않는다. 하지만 인생 중반은 후반전을 준비하기에 적기다. 마흔 전후, 세컨드 라이프를 준비하면서 중도 포기하게 되는 핑계는 보통 크게 세 가지로 나뉜다.

첫째, 주변인의 의견

대부분의 사람은 나와 같은 길을 사람들을 보며 '심리적 안정감'을 느낀다. '김 과장도 아직 집이 없네.' 이렇게 내 주변인 중 나와 비슷한 처지인 사람을 보며 안도한다. 보통 나의 주변 사람이 삶의 궤도를 벗어나는 행동을 하면 괜한 거부감이 든다. 자신의 안정감에 반하는 행동을 좋아하는 사람은 드물다.

만약 다양한 탐색과 자기 발견을 통해 새로운 분야에 도전하게 되다면 반드시 '주변의 반대와 우려'에 부딪치게 된다. 그들은 자신은 그 분야에 성공 경험은 없지만, 마치 다 아는 것처럼 걱정의 말을 전한다. "지금 이 나이에 무슨 도전이야?" "그게 돈이 되겠니?" 보통은 잘 알아보지도 않고 미리 짐작하여 내뱉는 소리다.

이런 소리는 내가 차단해야 할 소리다. 그 이유는 나에게 훈수를 두는 사람치고 해당 분야에 경험이 있는 사람은 거의 없기 때문이다. 있다 하더라도 도전을 하는 사람에게 부정적인 말을 하는 사람의 의견으로 자신의 선택을 바꿀 수 있을까? 탐색과 자기 발견을 통해 깨달은 대로 행동만 취하면 될 일이다.

둘째, 시간적 제약

마흔 전후가 되면 한 사람이 가진 역할의 수가 많아진다. 집에서는 아내와 남편, 배우자 가정의 며느리 혹은 사위, 아이들의 부모, 회사에서 부여된 직급과 일. 각종 커뮤니티에서 주어진 역할 등. 일인 다역을 해야 한다. 이 시기는 누구보다 시간이 없다. 그래서 가장 좋은 핑곗거리가 '시간이 없다'다.

누구나 24시간이 주어진다. 시간만큼 공평한 게 없다. 비슷한 조건에서라도 어떤 이는 알차게 사용하여 많은 것을 해낸다. 직장인이면서 유튜버가 되기도 하고, 또 투자가가 되기도 한다. 반대로

'회사 다니기에도 정신없다'라고 생각하며 몇 년째 계속 같은 자리를 맴도는 사람도 있다. 똑같은 시간을 두고도 이렇게 다른 생각의 차이를 보이는 것은 '시간'을 대하는 태도가 다르기 때문이다. 같은 시간도 알차게 활용하는 사람은 시간이 없다고 생각하는 것이 아니라 기꺼이 시간을 내어 다른 일을 해내는 사람이다.

'시간이 없다.'라는 핑계를 대기 전에 한 번 되돌아보자. 출퇴근 전후 시간, 주말에 내는 3~4시간도 없는지를. 자투리 시간만 투자해서 3~5년만 꾸준히 한다면 충분히 다른 것에 도전할 시간을 마련할 수 있다. 즉, 시간적 제약이 걸림돌이 되지 않는다.

셋째, 체력의 한계

마지막으로 도전하거나, 도중에 만나는 장애물 중 하나가 '체력'이다. 정확히 서른 후반이 되면 체력이 예전 같지 않다는 것을 느낀다. 감기 같은 질병에 더 자주 걸리고, 한 번 아프면 회복 시간도 오래 걸린다. 예전 같으면 밤 한번 새고 처리할 일을 지금은 밤새고 일하면 다음 날 아프기 시작한다.

나이가 들기 시작하면서 가장 먼저 느끼는 것도 '체력의 한계'이다. 따라서 한정된 에너지 중에서 일정 부분을 떼어 내어 다른 일에 도전하기 위해서는 체력 관리는 필수다. 마음만 앞서고 체력이 따라 주지 않는다면 중간에 포기할 수밖에 없다. 무슨 일이든 체력이 바탕이 되어야 앞으로 나아가고자 하는 추진력이 생긴다. 기초 체력이 약하다면 핑계가 는다. 따라서 인생 중반 이후 도전을 가로막는 가장 큰 장애물이 '체력'이라고 말할 수 있다.

다른 것과는 달리, 체력은 나의 노력으로 높일 수 있는 부분이다. 지금까지 운동 하지 않았다면 운동을 하면서 몸을 관리하자. 건강한 식단 조절로도 충분히 체력을 보강할 수 있다. 바꿔 말하면, '체력이 약하다'는 것도 도전을 가로막는 이유가 아니라 핑계가 된다.

넷째, 상황에 대한 불만

마지막은 내게 주어진 상황에 대한 불만이다. '배우자를 잘 못 만나서' '부모를 잘 못 만나서' '아이가 어려서' 자신이 하지 못하는 이유를 환경 핑계를 두는 사람이 있다. 물론 타인보다 좋지 않은 환경은 그렇지 않은 사람보다 제약 사항이 많다. 어린 자녀를 키우는 사람보다 싱글인 사람이 시간적 여유가 많은 것도 사실이다. 그러나 세상에는 불리한 상황을 극복하여 자신의 원하는 것을 쟁취하는 사람도 많다. 결국 상황 탓을 하는 사람과의 차이는 그것을 극복하고자 하는 마음가짐이 다를 뿐이다.

'한계'나 '제약'이라고 생각하는 이 모든 것은 극복할 수 있는 것은 '마인드 셋'이다. 늘 깨어 있고자 하는 마음이 한계를 벗어던질 수 있는 치트 키다. 다른 사람의 말을 수용하지만, 비판적인 시각을 해석해야 한다. 책을 통해 배우지만 나에게 맞게 재해석하다 보면 깨어있는 의식을 가질 수 있다. 깨어 있다는 것은 고정관념을 부수고 나올 수 있다는 뜻이다. 나를 둘러싼 장애물이 진짜 나를 가로막는 장애물이 아니라 이겨낼 수 있다는 것만 깨우쳐도 마음의 장벽은 충분히 허물 수 있다.

인생 중반전! 나를 가로막는 장애물은 무엇인가? 어떻게 부수고 나올 것인가? 이 책을 읽는 당신에게 묻고 싶다.

$$4$$

관점을 바꾸면
모든 것이 기회다

한 신문에서 눈에 뜨이는 기사를 접했다. 언론사 준비생에서 3개의 법인을 거느린 대표로 성장한 한 남성 이야기였다. 그는 언론사 기자를 준비하다가 적성에 맞지 않아 창업가의 길을 선택했다. 중간에 여러 고비를 겪었지만, 잘 이겨내어 지금은 전자 명함 서비스 〈리멤버〉, 세금 환급 서비스 〈삼쩜삼〉 등 꽤 규모가 큰 사업체를 운영하는 대표가 되었다.

그의 화려한 성공 소식을 접한 주변 사람들은 '저 사람이 저렇게까지 성장할 줄은 몰랐다'라는 반응을 보였다고 한다. 미성숙했던 젊은 시절 그의 모습만 기억하는 사람들은 당연히 그런 반응을 보일 거다. 지금, 마흔 중반의 그는 성공 가도를 달리는 CEO가 되었다. 그처럼 마흔 이후 무섭게 성장하는 사람이 있다. 2030 시절에는 크게 두각을 나타내지 않다가 마흔 이후 성장하더니 자신의 분야에 정점을 찍는 사람들이다.

이렇게 마흔 이후 가속도가 붙어 성장하는 사람과 반대로 매일 똑같은 삶을 사는 사람들의 차이는 뭘까? 삶을 바라보는 관점이 다르다. 30대까지 삶을 충분히 고민하고 성실하게 살아왔다면 그에 대한 대가는 천천히 40대 이후에 주어진다.

만약 내가 마흔이 가까이가 되었지만, 큰 변화 없는 삶을 살아도 괜찮다. 이제부터 관점을 바꿔서 50대 이후의 삶을 준비한다면 10년 뒤의 삶이 바뀌기 때문이다. 50대 이후의 삶을 만족할 만한 성취를 이루며 살려면 열정의 온도를 유지하는 것이 중요하다. 마흔 가까이 살면 인간관계부터 시작하여 사회생활, 다양한 경험으로 웬만한 일에서 열정이나 설렘을 찾기 어렵다. 더 이상 새로운 경험이 없는 것 같다는 생각이 들기도 한다. 물에 물 탄 듯, 술에 술 탄 듯 살 수밖에 없다.

그러다 보면 점점 더 안정을 추구하게 되고, 인생의 큰 이벤트 없이 시간이 흘러 나이만 들게 된다. 정신없이 살다 보면 이미 노인이 되고, 죽을 때가 다 돼서야 자신의 삶을 원하는 방향대로 살지 못했음을 후회하게 된다.

한 번은 신간 출간 후, 서평 이벤트를 진행하며 서평단 분들께 책을 발송하러 우체국에 들른 적이 있다. 10권이 넘는 책을 가지

고 가 포장을 하는 나의 모습을 보고 80대 정도로 보이는 한 할아
버지가 말을 걸었다.

"서점을 하는 사람인가요? 이 많은 책은 뭐요?

"아닙니다. 제가 쓴 책입니다"

"작가란 말이요? 대단하오. 나는 이제 80살이 넘었는데, 한 번
도 내가 하고 싶은 일을 하며 내 인생을 살지 못했어요. 먹고 사는
일만 하다 보니 이렇게 노인이 되어버렸구려. 지금은 무엇을 하려
고 해도 기력이 없어서 못 해요. 젊은이는 그 나이에 하고 싶은 일
을 하면서 남들에게 위로와 희망을 주는 일을 하고 있으니, 참 부
럽소."

우체국에서 우연히 만난 80세 노인의 말을 듣고 많은 생각을 들
었다. '저분도 분명 꿈이 있고 하고 싶은 일이 있었을 텐데…시간
은 나를 기다려 주지 않는구나. 더 후회 없이 살아야겠다.'

짧은 시간의 대화였지만, 그 노인분과의 대화를 통해 더욱 의미
있는 삶에 대해 생각할 기회가 되었다. 그렇다. 시간이 유한하다고
생각하여 계속해서 미루는 삶을 살다 보면 결국 인생 후반전은 후
회와 아쉬움만 남는다. 조금 더 일찍 깨달아 관점을 달리하면 앞으
로 5년, 10년, 15년의 삶은 내가 원하는 방향으로 흘러간다.

많은 사람이 '도전하기에는 늦었다'라고 생각한다. 의외로 마흔 이후에도 새로운 분야에 도전하여 자신만의 길을 가는 사람도 많다. 대표적인 예로 '한국 문학의 어머니'라고 불리는 박완서 작가는 마흔이라는 늦은 나이에 등단하여 타계하기 전까지 80여 편의 단편과 15편의 장편 소설을 썼다. 만약 그녀가 마흔이라는 나이에 자신의 한계를 지어 책을 쓰지 않았다면 우리는 그녀가 남긴 수많은 작품을 보지 못했을 것이다. 그녀의 책은 박완서라는 사람의 도전 결과였다. 개인적인 성취에만 머무르지 않고, 독자들의 가슴을 울리고 감동까지 선물했다.

10년 전, 한국에 몸짱 신드롬을 일으켰던 정다연 씨도 마흔에 다이어트를 시작으로 새로운 삶을 맞이한 분이다. 78kg이었던 그녀는 식이요법과 헬스로 48kg까지 감량했다. 그 후, 자신의 다이어트 비법을 세상에 알리기 시작했다. 여러 방송에 나오며 이슈가 된 그녀는 전업주부에서 헬스 트레이너 사업과 다이어트 관련 프로그램 사업을 하며 제2의 인생을 맞이했다. 지금은 한국뿐만 아니라 일본, 중국까지 사업이 확장하여 명실공히 사업가의 행보를 걷고 있다.

만약 그녀가 '여자 나이 마흔인데 대충 살지 뭐'라고 생각했으면 어땠을까? 아마도 드라마 같은 인생 역전은 없었을 것이다. 그녀는 혹독하게 다이어트를 시작했고, 다이어트 성공이 계기가 되어 본인뿐만 아니라 타인에게 긍정적인 영향을 끼치는 사람이 되었다.

중년 밴드팀〈블럼〉은 40~50세대가 만든 밴드팀이다. 현업이 있는 중년들이 '음악'이라는 테마로 모여 밴드팀을 결성하여 활동하고 있다. 삶의 무게에 짓눌러 접어두었던 음악에 대한 열정을 늦은 나이지만 밴드 활동하며 다시 열정을 불태우고 있다. 그들에게 '음악' 활동은 또 다른 삶의 활력소다.

나이가 들수록 도전에 두려움을 느낀다. 예전만큼 열정이 생기지도 않을 수도 있고, 흥밋거리나 관심 분야를 찾는 것에도 어려움을 느낀다. 그럴 때일수록 조금 더 유연한 마음으로 관점을 달리하면 기회를 맞이할 수 있다.

사회에서 어느 정도의 위치가 있을지라도 새로운 영역에 접할 때는 '학생'의 자세로 겸허히 배워야 한다. 20대의 열정을 다시 되살려, 도전하고 싶었던 분야에 하나라도 도전해 보자. 마흔은 스무 살 때보다 경제적으로 더 안정적이다. 충분한 경험치를 바탕으로 적어도 나의 관심 분야 하나쯤은 발견하기에도 좋은 때이다.

관심 분야가 없다면 앞서 설명한 딴짓과 자기 발견을 통해 얻은 힌트를 가지고 적었던 '버킷리스트'를 하나씩 실천해 보는 것만으로도 또 다른 기회를 발견할 수 있다. 그동안 경험으로 되고 싶은 나의 모습을 그려봤다면, 이제는 관점을 바꿔 하나씩 행동으로 옮겨야 할 때이다. 기억하자. '관점을 바꿔야 기회가 보인다.'라는 사실을.

5

후회보다
경험을 선택해라

중국 속담에 '50년을 살면 49년을 후회한다.'라는 말이 있다. 이렇듯 사람은 누구나 후회하며 산다. 30~40대에게 "살면서 가장 후회하는 것은 무엇인가?"라고 물어보면 어떨까? 대게는 큰 돈을 벌지 못한 것. 내가 일하는 분야에서 괄목할 만한 성공을 이루지 못한 것을 말한다. 다시 질문하는 대상을 조금 바꿔 보겠다. 70~80대 노인에게 "죽을 때 가장 후회하는 것이 있다면 무엇일까요?"라고 물어본다면 어떤 대답을 할까? 대부분은 가족들과 행복한 시간을 가지지 못한 것, 젊었을 때 하고 싶었던 일에 도전하지 못한 것 등을 이야기한다. 이렇게 각자가 처한 환경과 나이에 따라 후회의 기준이 다르다.

어린아이부터, 죽음을 앞둔 노인까지 누구나 후회하는 일이 있다. 베스트셀러 작가 다니엘 핑크의 저서 《후회의 재발견》에서는 대부분의 사람이 하는 후회의 유형을 4가지로 분류하고 있다.

첫 번째는 기반성 후회로 정의한다. 즉, 자신이 선택한 것에 최선을 다하지 못했을 때 하는 후회다. 예를 들어, 학창 시절에 공부를 더 열심히 해 둘 걸, 돈을 벌 때 쓰지 말고 저축을 많이 해 둘 걸. 이같이 끝까지 완수하지 못한 결과에 대한 후회라고 할 수 있다.

두 번째는 대담성 후회이다. 내게 주어진 기회를 용기 있게 행동으로 옮기지 못할 때 하는 후회다. 해외 유학을 가고 싶었지만 가지 못했거나. 사랑하는 사람에게 고백하지 못해 인연의 기회를 놓쳐 버렸을 때 하는 후회다.

세 번째는 도덕성 후회다. 말 그대로 도덕적인 잘못을 저지르고 하는 후회다. 보통 학창 시절 따돌림을 행했던 행동이나 불륜과 같은 도덕적인 영역에서 잘못 행했던 행동을 후회하는 것이다.

네 번째는 관계성 후회이다. 오래전 연락이 끊긴 친구나 인연에 연락을 취하지 못했던 행동을 후회하는 것이다.

사람이면 위의 네 가지 '후회'를 한 번 이상은 해봤다. 그중에서 많은 사람들이 가장 후회하는 것은 무엇일까? 하고 싶었던 일을 하지 못했던 '대담성 후회'다. 어떤 일을 해 볼까? 말까? 고민하며 시도해서 결과물이 좋지 않은 사람보다 시도조차 하지 못하는 사람들이 더 많이 후회한다. 반면, 시도한 사람은 결과가 어떻든 그 경험을 통해 앞으로 나아갈 수 있었다고 생각한다. 그 과정에서 '성장'하기 때문에 시도하지 않을 때보다 후회가 없다.

반대로 시도하지 않은 사람이 후회하는 이유는 자아 발전이 없기 때문이다. 사람은 자신이 아는 만큼만 볼 수 있고, 판단할 수 있다. 다시 말해, 알고 있는 세상만큼만 안목이 생기고, 그에 따라 다른 삶을 선택할 수 있다. 시도하지 않는 사람은 다른 삶을 선택할 기회조차 없어, 지난 일을 후회한다.

따라서 안목을 키워 시도할 만한 것을 판단할 수 있다면 후회를 줄일 수 있다. 안목은 지식과 지혜가 겸비되었을 때 생긴다. 지식은 책이나 다양한 플랫폼에서 제공되는 정보를 통해 얻을 수 있지만 지혜는 다르다. 예를 들어, 결혼 잘하는 법은 지식으로 습득할 수 있지만, 결혼하지 않고는 그것에 수반되어 따라오는 지혜는 얻기 어렵다.

이렇게 지혜는 지식에 '경험'을 더 해야만 얻을 수 있다. 경험 많은 사람들이 책을 많이 읽는 것처럼 지혜가 뛰어난 경우가 있다. 그들은 다양한 경험을 통해 지혜를 얻는다. 그렇기 때문에 지식과 경험이 부족한 20~30대가 불안감을 더 많이 느끼고, 후회도 많이 한다. 어떤 것을 시도하기에 시야가 넓지 않고, 마음이 단단하지 못하기 때문이다. 혹은 판단력이 미숙하여 올바른 선택을 하지 못하는 경우도 많다. 20~30대를 떠 올리면서 '하지 못한 일'을 후회하면서, 지금도 그때와 똑같은 삶을 살고 있는가? 그렇다면, 다시 한번 마음을 리셋하고 가야 한다.

후회 없는 선택하기 위해 어떤 것을 먼저 점검해야 할까? 다음은 후회를 최소화하기 위해 행동을 하기 전에 한 번쯤 생각해 봤으면 하는 항목이다.

1) 이 일은 꼭 내가 원하는 일인가를 점검한다.

판단을 내리기 전에 한번 생각해 보자. 그 누구의 목소리도 아닌, 내가 진짜 원하는 것인가를. 만약, 타인의 욕구나 목소리가 반영된 일이라면 하지 않는 쪽을 선택하는 것이 좋다. 이런 경우 선택한 후 결과가 좋지 않다면 타인에게 책임을 전가할 수 있는 소지가 있다. 추후 그 사람과의 관계에도 영향을 미친다.

2) 두 가지 시나리오를 시뮬레이션해 본다.

언제나 선택 앞에는 두 가지 예상 시나리오가 있다. 하나는 '선택했을 때 상황'과 '선택하지 않았을 때 상황'이다. 예를 들어, '전원주택 짓기'라는 선택 앞에서 고민한다고 생각해 보자. 선택의 시나리오는 '짓기'와 선택하지 않았을 때의 상황은 '짓지 않기'이다.

'짓기'를 선택했을 때는 그에 맞는 자금 계획, 준비시간, 거기에 투자되는 나의 시간과 에너지 등을 고려해야 한다. 그런 점을 감안

하고도 전원주택을 지은 후의 상황이 나에게 긍정적인가를 체크한다. 반대인 상황에서는 '짓지 않기'를 선택했을 때 지금과 변함없는 환경과 재무 상태 등을 생각해 본다. 이 두 가지 시나리오 중 내 삶에 유리한 것이 무언인지 생각한다.

3) 5년 뒤를 후회 안 할 자신이 있는가?

내가 고민하는 문제와 선택이 5년 뒤에 후회가 없겠는가? 생각해 본다. 후회하는 결정을 하는 이유 중 대부분은 '단기적인 안목'인 경우가 많다. 당장 들어가는 돈, 신경 써야 할 것, 처리해야 될 문제는 눈앞에 보이는 단기적인 손해이다.

반대로 지금 돈도 들고, 신경도 많이 써야 하고 시간도 들여야 하는 일이지만 5년 뒤를 생각했을 때 아무것도 아닌 일일 수 있다. 따라서 장기적인 안목으로 바라보고 생각하는 것이 멀리 봤을 때 후회 없는 결정을 할 가능성이 크다. 5년 전에 고민했던 일이 지금은 생각조차 나지 않는 일인 것이 얼마나 많은가?

위의 세 가지를 고려한다면 예전보다 훨씬 후회 없이 선택할 수 있다. 나의 선택이 어떻든 간에 가장 현명한 일은 '경험'을 선택하는 것이다. 세상에 돈으로 살 수 있는 것과 살 수 없는 것이 있다. 살 수 없는 것 중 하나가 '경험'이다. 오직 경험만이 나의 시야를 넓힐 수 있고, 열린 마음을 가질 수 있게 한다. 결국 후회 없는 선택을 하기 위해서는 가장 먼저 생각해 봐야 할 것은 '이 선택이 나에게 어떤 경험과 성장을 가져다줄 것인가?'이다.

6

배우고, 익히면
흔들림이 없다

어른이 되면 흔들리지 않고 살아갈 수 있다고 생각한다. 항상 올바르게 판단하고 큰 풍파를 경험하지 않고도 살아가는 데 큰 문제가 없을 거라 착각한다. 그러나 어른의 성장통은 사춘기 소녀의 그것보다 더 혹독하다. 이렇게 '어른 살이'가 힘겨운 이유는 세상을 살아가면서 맞닥뜨려야 하는 수만 가지 문제들을 학교에서 배운 적이 없어서다.

예를 들어 인간관계, 재테크, 자녀 교육, 소통법, 마케팅, 세일즈 등은 실생활에서 꼭 필요한 것이지만 학교에서 필수적으로 배우는 과목은 아니다. 그렇기 때문에 생활하면서 알아가야 하는 지식이다. 모든 문제에는 다양한 변수가 존재하기에 책을 읽고 기본 지식을 배운다고 해도, 또 다른 문제에 부딪히면 혼란을 느낀다.

특히 요즘 인생 중반은 예전보다 10~15년은 더 젊어졌다. 지금의 40대는 부모 세대의 30대 정도밖에 되지 않는다고 한다. 학업 기간도 길고, 결혼 적령기도 늦어진 탓에 사회 속에서 배워야 하는 기간도 부모 세대보다 더 늦다. 이런 사회적 현상 때문에 인생 중반기의 어른이 아직도 흔들리는 것은 어쩌면 당연한 일이다.

서른 후반이나 마흔 정도가 되면 한 분야에 괄목할 만한 성과를 이룰 것으로 생각하지만 사실은 그렇지 못하다. 사회생활 자체가 늦고, 결혼과 출산 육아도 늦게 시작했기 때문에 이 시기에도 아직 자리를 못 잡는 경우도 허다하다. 특히 결혼 후 육아를 감당하면서도 사회에서는 중간 리더의 역할도 해야 하므로 오히려 배워야 할 것도 많다. 사회적으로는 성숙단계에 접어들지만, 정신적으로는 아직도 불안하다. 서른 중, 후반부터 어른의 성장통이 찾아와서 하고 있던 일에 회의감이 드는 이유는 이 때문이다.

나는 출판 기획과 퍼스널브랜드 컨설팅하면서 다양한 사람들을 만나 커리어 상담을 하곤 한다. 자신의 커리어에 대한 고민을 많이 하는 사람들이 서른 후반쯤이다.

한 번은 내담자 중 영어 강사를 만난 적이 있다. 내담자는 꽤 오랜 경력의 영어 강사로 자신만의 브랜드를 만들어 영어교습소를 운영하는 원장이기도 했다. 이십 대부터 영어 강사로 활동하면서 서른 중반까지 성공 가도를 달린 그녀는 갑자기 혼란이 왔다고 했다.

육아와 일을 병행하기에는 자신이 일에 투자하는 시간이 많아 아이에게 미안하다 말로 이야기를 풀었다. 그 후에는 자신의 직업을 전향하거나 영어 수업의 대상층을 바꾸고 싶다며 나에게 개인 브랜딩에 대한 상담을 요청했다.

그녀는 분명 자기 일에서 충분한 성과가 나오는 상황이었지만, 결혼 후 닥친 '육아'라는 문제로 '커리어'를 고민했다. 그녀와 오랜 상담하고 난 후, 영어 수업 대상을 피보팅하는 방향으로 개인 브랜드 전략을 짰다. 그렇게 방향성을 잡고 개인 브랜드 전략을 짜는 동안에도 계속 불안해하는 그녀였다. 나와 개인 브랜딩을 진행하는 동안에도 그녀는 여러 성장통을 겪었지만, 결론적으로는 사업을 확장 해냈다.

그녀처럼 그동안 쌓아온 커리어가 확실함에도, 이 시기에 자신이 가는 길이 맞는지, 혹은 내가 선택한 것이 잘한 것인지 의심한다. 그 이유는 내면이 흔들리기 때문이다. 그동안 '보이는 나'에 초점을 맞춰 외적 성장을 위해서 달려왔다면 자신의 영역이 아닌 분야에서 문제가 발생했을 때 불안을 느끼기 시작한다. 내적 불안과 초조함, 조급함, 혼동을 느낀다면 내면의 힘을 다져야 할 때이다.

우선, 내면의 힘을 키우기 위해 '배우고 익혀야 한다. 불안이라는 감정은 보통 무지로 인한 두려움과 자신에 대한 불신 때문에 생긴다. 주식을 잘 모르면서 투자하려고 할 때 어떤가? 돈을 잃을까 봐 불안하다. 주식 투자에 대한 무지가 두려움과 불안이라는 감정을 키운다. 또한, 어떤 일을 준비할 때를 떠 올려 보자. 자신을 믿지 못한다면 어떻게 되겠는가? 당연히 두렵다. 이직 준비할 때, 새로운 사업을 준비할 때, 한 번도 해보지 못했던 일을 추진해야 할 때, 그 분야에 대한 기본 지식이 없다면 불안하다. 반대로 그 분야를 알고, 더 알아가고 싶다면 새로운 도전이 어렵지 않다.

따라서 모르는 분야가 있다면, 선뜻 결정하기 전에 먼저 배우고 익혀보자. 배우면서 기초 지식을 쌓고 판단할 만한 근거가 생길 때까지 기다리는 거다. 그러는 사이 기회가 날아가면 어떠냐고 반문할 수도 있지만, 공부 없이 뛰어드는 것 자체가 기회를 날려 버리는 길이다. 기회를 잡는 것도 준비된 자의 몫이다. 내가 준비하고 있다면 기회는 언제든지 오게 되어 있다. 그 때문에 불안한 감정이들 때는 되도록 신중하게 결정해야 할 일을 하지 않아야 한다. 오히려 충분히 배운 후에 해도 늦지 않다.

두 번째는 '자신과의 신뢰'를 쌓아야 한다. 자기 신뢰는 내면의 힘에서 나온다. 따라서 자기 신뢰가 어렵다면 다양한 책을 통해 시야를 넓히고, 자존감을 단단하게 다져야 한다. 책을 통해 좁았던 생각을 확장하는 것만으로도 성취감을 가질 수 있다. 무지했던 자신의 현 상태를 바라볼 수 있고, 큰 생각하는 것만으로도 자부심이 생긴다.

또한, 계속해서 책을 통해 배움을 지속하다 보면 저자의 삶을 빗대어 자신을 바라볼 수 있게 된다. 덕분에 자기 객관화에도 도움이 된다. 보통 자신을 신뢰하지 못하는 사람들은 자기 객관화가 잘 되지 않은 경우가 많다. 내가 무엇이 부족하고, 어떤 것이 강점인지만을 제대로 파악할 수 있다면 '자기 이해'를 할 수 있다. 스스로를 믿어주는 힘은 자기 객관화를 통해 자기 자신을 충분히 이해할 때, 생긴다.

따라서 꾸준히 배우고 익히면 그 누구도 아닌, 자신을 이해하고 인정하는 힘이 생긴다. 그 과정에서 자연스럽게 자신을 있는 그대로 믿어주는 단계까지 발전할 수 있다. 그런 과정을 반복하다 보면 도전이 쉬워지고, 도전 속에서 성취감도 늘어난다. 작은 성취감이 모이면, 더욱 자신을 신뢰할 수 있다. 그러면 웬만한 일에 흔들리지 않는다. 랄프 왈도 에머슨은 《자기 신뢰》라는 책에서 영혼이 우뚝 서 있다면, 말로 하는 힘이 아닌 실제로 활동하는 힘이 생긴다고 말한다. 그만큼 내면을 채우는 일은 자신에 대한 신뢰감을 키우는 일이다.

흔들리며 피어나지 않는 꽃은 없다. 성장 속에 흔들림은 반드시 거쳐야 하는 과정이다. 흔들리기만 하다가 져버리는 꽃이 되어서는 안 된다. 꽃을 제대로 피우기 위해서는 땅속 깊은 곳까지 내려진 뿌리가 있어야 한다. 식물의 뿌리가 바로 '배움'이다. 배우고 익히는 과정은 나라는 식물을 키우는 과정이다. 그 속에서 나는 성장하고, 나에 대한 확신은 더욱 활짝 피어난다.

7

어른 말고, 어른답게!
나 말고, 나답게!

'마흔이 넘으면 자기 얼굴에 책임을 져야 한다.'라는 소리를 많이 들어 봤을 것이다. 20~30대까지만 해도 타고난 외모가 예쁘면 '미인'이나 '미남'이라는 말을 들을 수 있었다. 40대 이후는 다르다. 그 사람이 풍기는 분위기와 얼굴에서 뿜어져 나오는 인상이 그 사람이 살아온 날을 대변한다. 부정적인 생각이 가득한 사람은 자신도 모르게 인상을 쓰기 때문에 좋은 인상을 가질 수 없다. 반면, 항상 긍정적이고 밝은 사람은 미소를 짓기 때문에 주름이 많이 생겼다 하더라도 얼굴에서 풍기는 인상은 온화하다.

보이는 직업 중 하나인 연예인을 떠 올려 보자. 젊은 시절에는 예쁘고 잘 생겼지만 나이가 들수록 인상이 안 좋거나 심하게는 심보 가득한 인상을 주는 사람도 있다. 이런 경우가 타고난 외모는 갖췄지만, 살아오면서 삶의 태도로 인해 얼굴이 변한 경우다. 꼭 연예인이 아니더라도 우리 주변만 살펴봐도 인상으로 그 사람의 성격이나 살아온 태도를 대충 짐작할 수 있다. 다양한 사람을 만나고 경험하며 나름의 사람을 판단하는 기준이 생기는데, 그중 하나가 바로 '인상'이다.

가끔 새로운 사람을 만나 관계를 맺기 시작하면서 실망스러운 부분을 알게 되면 이내 "어쩐지 첫인상부터가 안 좋았어. 역시 인상 따라가네!"라고 말하는 이유도 이 때문이다. 그만큼 인생 중반기에는 자기 얼굴에 책임 져야 한다.

얼굴뿐만 아니라 이 시기에 한 번쯤 생각해야 할 것이 있다. '어른다움'과 '나다움'이다. 나이를 먹는다고 해서 어른답게 사는 것은 아니다. 어른이 된다는 것은 생체적인 나이의 증가로 인해 '되는 것'이다. 사고의 체계가 불안하고 미성숙한 청소년에서 일정 나이가 되면 성숙한 사고를 하게 된다. 그때를 우리는 '어른이 되었다'라고 말한다. 여기서 말하는 어른이란, 정신적, 신체적, 경제적인 독립이 가능한 사람이다. 부모 도움 없이 신체적으로 독립하여 스스로 선택하고 결정하며 경제적인 독립을 이룰 수 있다는 것. '독립된 객체'로 살아가는 데 문제가 없다는 뜻이다.

어른으로 살아가는 것은 최소한 자기를 책임을 지며 살아간다는 암묵적인 동의가 있다. 그러나 '어른답다'라는 말은 조금 다른 느낌이 있다. 자신이 하는 말과 행동에 책임을 지고, 타인에게도 좋은 영향을 미쳐 어른으로서 본보기가 된다는 의미가 내포되어 있다. 자신의 선택하고 결정하는 일에 책임을 지는 것은 물론 그런 행동이 가족이나 주변에 긍정적인 영향을 미쳐 어른으로서 역할을 잘 한다고 이해할 수 있다.

예를 들어, 어른이긴 하지만 부모나 형제, 자매 혹은 배우자에게 정신적, 경제적으로 의지하고 있다면 어른다운 것은 아니다. 또한, 술, 담배, 도박 중독에 빠져 아이들에게 모범적인 태도를 보이지 못하거나, 외도나 사기처럼 비도덕적인 행위도 어른다운 행동이 아니다. 이처럼 극단적인 나쁜 행동뿐만 아니라, 자신이 선택한 행동을 두고 남의 탓을 하는 것도 어른다운 행동이라고 볼 수 없다.

따라서 나이의 숫자와는 상관없이 내가 어떤 행동을 취할 때 '이 것이 어른다운 행동인가?'에 대해 깊이 생각해 볼 필요가 있다. 특히 모든 문제의 원인을 남 탓하는 것이 습관이 되어 있거나, 선택을 한 후 좋지 않은 결과에 대해 책임을 회피한다면 성숙한 어른의 태도가 아니다.

성인을 대상으로 컨설팅과 교육 프로그램을 진행하는 나는 간혹 '어른답게 사는 것이 쉬운 것은 아니구나'를 느낀다. 한 번은 출판기획 컨설팅하며 한 싱글맘을 만난 적이 있다. 이혼 후, 친부모와도 인연이 끊기고 친한 친구와도 단절되는 등의 주변 관계 때문에 힘들어하시는 분이었다. 평범한 삶을 산 분은 아니었기에 상담 시간도 다른 분에 비해 훨씬 많은 시간을 할애했다.

그녀와 상담이 진행될수록 모든 문제의 원인이 상대에게 있고 자신은 그저 운이 없는 사람이라는 말로 귀결되었다. 결국 출판 기획 컨설팅이었지만, 인생 상담으로 전환되었다. "책을 쓰면서 자신의 삶을 한 번 돌아보는 시간이 되셨으면 좋겠습니다."라는 조언도 드렸다.

어떤 사건이 발생하는 데에 한 사람의 일방적인 과실은 없다. 범죄행위처럼 나쁜 마음을 먹고 설계된 상황에서 당하는 경우가 있을 수는 있겠지만. 대부분 우리가 관계를 맺고 살아갈 때, 쌍방의 과실 혹은 사건에 대한 반응으로 문제가 터지기 마련이다. 어른다운 어른으로 산다는 것은 '역지사지'의 태도로 상대의 입장을 생각해 보고, 문제의 실마리를 찾아 해결해 나가는 일이다. 그래야 한 살 더 나이를 먹어도 그 나이에 맞는 역할을 해 나갈 수 있다. 나이만 먹는 것이 아니라, 그에 따라 자신이 하는 말과 행동과 그리고 선택을 책임지는 것이 어른답게 사는 것이다.

인생 중반전에 '어떻게 나답게 살 것인가?'에 대해서도 한 번쯤 생각해 봐야 할 질문이다. 여기서 '나다움'의 의미를 한 번 짚고 가보자. 나다움은 영어로 'it's like me' 'being my self'라고 정의한다. 나처럼 살기, 나 자신이 되어 가는 것이라고 직역할 수 있다.

대부분은 외부의 소리에 귀를 기울이며 살아간다. 타인의 의견이 자신의 의견을 맞추며 내 의견인 양 결정한다. 진정한 '나다움'은 내면에서 외치는 내 깊숙한 목소리에 따라 움직이는 것이다. 자신의 기준을 타인이나 세상에 정해놓은 방식에 두지 않고, 오로지 내 생각이나 느낌에 두고 선택하는 것이다.

여기서 중요한 것은 내가 기준이 된다고 해서 자기중심적으로 살라는 의미는 아니라는 점이다. 나의 선택이 내 생각과 느낌에 판단한 것이지만, 이것이 내 멋대로 결정한 것이 되어 타인에게 피해를 주어서는 안 된다. 단지 회사에 다니기 싫다는 감정이 앞서, '나다움'을 주장하며 아무 계획 없이 퇴사를 강행한다면, 이것은 나다움이 아닌 내 멋대로인 행동이다. 진정한 나다움은 '책임'이 수반되어야 한다. 위 사례의 경우, 최소한의 1~2년 치의 생활비 마련, 퇴사 후 방향성, 배우자의 동의가 있는 행동이 '나다움'을 추구하는 삶이다.

결국 선택이나 행동의 중심이 '나'이긴 하지만 여기에 '어른다움'이 포함이 되어야 한다. 인생 중반기의 나다움은 열정 하나로 덤벼드는 20대의 호기가 되어서는 안 된다. 따라서 진정한 나다운 인생을 살고 싶다면 '어른다움'이 먼저 바탕이 되어야 뒤탈이 없다.

평생 공사 중인 것인 인생이라고 하지 않던가? 실수, 실패를 인정하고 다시 수정 그리고 보완하며 사는 것이 삶이다. 그러니 인생의 중반기를 준비하고 있다면 어른다운 삶이란 무엇인가? 또 나다운 삶이란 무엇인가에 대해 생각해 보자. 작은 질문 하나가 내 삶의 등대가 되어, 방향키 역할을 해 줄 것이다.

8

나만의 브랜드를 만들고
앞으로 나아가자

작은 브랜드 전성시대다. 소셜미디어의 발달로 과거보다 창업이 쉬워졌고, 홍보나 마케팅도 수월해졌다. 덕분에 사람이 브랜드가 되는 '퍼스널브랜딩'도 덩달아 인기를 끌고 있다. 퍼스널브랜딩과 큰 연관이 없는 직장인, 전업주부, 자영업자까지 자신만의 브랜드 만들기에 힘써야 하는 시대다.

아직 생업 전선에 뛰고 있는 30·40세대들은 창업이나 브랜드 만들기의 중요성을 체감하기 어렵다. 실제로 시니어들을 만나서 이야기해 보면, 퇴직 후 40년을 어떻게 준비할지 막막해하는 경우 가 많다. 아무리 유수한 회사에서 고위 관리직을 맡아 일을 해 왔 던 사람이라 할지라도 조직 밖에서 생존하는 것은 또 다른 문제다. 지금의 50·60세대들도 이러한데, 직업의 수명이 더 짧아지는 30·40세대는 현직에 몸담을 때부터 그다음 여정을 준비해야 한다.

그러나 사업 경험 없이 처음부터 큰 자본을 갖고 창업하는 것은 리스크를 감당해야 하는 일이다. 크게 실패하고도 재기하기에는 2030만큼 체력이 받쳐주지도 못하고 방황할 시간적 여유도 없다. 다행히 이제까지 쌓아온 경험이 있기 때문에 조금만 준비하고 신경을 쓴다면 작은 브랜드를 만들 수 있다. 1인 브랜드로 시작하는 것이다.

다시 말해 나 자신이 브랜드가 되거나, 혹은 작은 브랜드를 만들어, 그에 맞는 상품과 서비스를 개발해서 판매하면 된다. 100억 이상의 거창한 목표의 매출보다 내 월급 이상의 매출을 만들겠다는 목표를 세우고 말이다.

앞서, 세컨 라이프를 위한 탐색 과정과 자기 발견법에 관해 이야기했다. 이런 과정을 거치며 늘 배우며 후회 없는 삶을 살겠다는 마인드 셋까지 갖췄는가? 그 후 본격적으로 '작은 브랜드' 계발을 준비해도 된다. 작은 브랜드라고 해서 상품과 서비스 계발에 소홀하거나 성장을 멈추면 안 된다. 1인 브랜드로 먼저 성장해 본 경험을 바탕으로 더 큰 브랜드로 키울 수 있다는 생각으로 하나부터 열까지 스스로 챙겨야 한다.

우선 작은 브랜드를 만들겠다고 마음을 먹었다면 '아이템'을 정하자. 아이템 탐색과 자기 발견 과정에서 알아낸 자신의 흥미와 관심 분야 중 하나를 선택한다. 그 후에는 그 분야가 상품으로 만들었을 때 구매해 줄 고객층이 존재하는지를 살피자. 좁은 타깃층 일지라도 작은 브랜드이기에 살아남을 수 있다. 오히려 틈새시장을 노리는 것도 전략이 될 수 있다.

만약 이 단계에서 아이템 찾기가 어렵다면, 가장 무난하게 직장생활을 바탕으로 한 경험과 지식을 기반으로 한 교육 분야나 컨설팅 쪽으로 방향을 잡아보자. 큰 자본 없이도 지식 창업을 할 수 있다. 예를 들어, 항공사 승무원을 해 왔던 경험을 살려, 항공사 취업 컨설팅 브랜드를 만드는 일은 자신의 업무 경력을 충분히 살려서 시작할 수 있는 '창업 아이템'이다. 아이템 선정은 다양한 경험과 지식을 통합하면서 시장에서 충분히 거래 가능한 것으로 하는 것이 실패 확률을 줄이는 방법이 된다.

두 번째는 나의 아이템에 맞는 나만의 작은 브랜드 '기업명'을 지어야 한다. 기업명을 지을 때는 자신만의 철학과 소신이 담겨 있는 단어를 선택하는 것이 창업자의 사명을 드러내기에 좋다. 이런 방법이 어렵다면 소비자가 기억하기 쉬운 어휘를 선택하여 그 단어에 그럴싸한 의미를 부여할 수도 있다. 우리가 알고 있는 '애플'은 사과의 영어명이 '애플'이라는 보통 명사를 기업명으로 그대로 사용했고, 한입 베어 먹는 듯한 사과를 '로고'로 썼다. 그 후에, '심플함'이라는 의미를 담아냈다. 누구나 쉽게 부를 수 있는 단어를 기업명으로 선택함으로써 사람들에게 각인시키는 전략이라고 생각한다.

　세 번째는 상품과 서비스를 계발하는 단계이다. 간단히 말해, 내 브랜드에서 제공할 상품이나 서비스를 연구하고 개발하는 것이다. 세상에 존재하는 수많은 브랜드와 다른 것을 만들기 위해서는 경쟁 분야와 유사 분야의 브랜드를 철저하게 분석해야 한다. 단지 '하고 싶다.'라는 마음 하나만으로 브랜드 시장에 뛰어들기에는 세상은 정글임을 기억해야 한다.

　특히, 이 단계에서 타사의 브랜드 스토리, 대표의 역량과 프로필, 그리 그곳에서 제공하는 상품과 서비스의 장단점 및 가격까지 세밀하고 객관적으로 분석해야 한다. 그런 후에 '타사에 없는 나만의 강점은 무엇인가'를 고려하여 한 단계 업그레이드되거나, 가격 경쟁력이 있는 상품을 만들어 내는 일이다.

　네 번째는 판로 개척을 위한 마케팅 도구를 세팅하는 일이다. 오프라인의 현수막이나 전단과 같은 역할을 하는 것이 온라인의 블로그와 인스타그램, 유튜브 같은 미디어를 활용하면 된다. 그러기 위해서는 기본적인 미디어 운영에 대한 지식은 필수이다. 블로그, 인스타그램, 유튜브 등 IT의 지식을 익힌 후, 마케팅 시스템을 만들어야 한다.

　마지막으로 지속적인 홍보와 마케팅이다. 나의 아이템에 맞는 상품과 서비스가 있다고 하더라도 그것이 팔리지 않는다면 무용지물이다. 작은 브랜드 창업자는 직장인과는 달리, 창업가 마인드를 갖고 판매까지 할 줄 알아야 한다. 처음에는 수익이 많이 나오지 않을지라도 꾸준히 홍보하고, 마케팅 전략을 바꾸면서 소비자의 마음에 다가가야 한다.

이 과정이 생각보다 힘들고, 포기하고 싶은 순간이 들지도 모른다. 누구든 언제까지나 직장인으로만 머물 수는 없다. 회사는 내인생 100세까지 책임져 주지 않는다. 긴 호흡을 두고 차근차근 준비해야 하는데, 그 시점은 현역에 있을 때다. 다행히 현직에 머무르며 나만의 브랜드 만드는 연습해 간다면 매달 나오는 월급이 있어 시간적인 압박을 벗어날 수 있다. 또한, 당장 내 브랜드에서 만족할 만한 매출이 나오지 않더라도 버틸 만한 힘이 생긴다. 따라서 조급한 마음을 갖지 않고도 충분히 여유 있게 준비할 수 있다.

요즘은 '파이어족'을 꿈꾸며 퇴사 후, 재테크로 만든 자본으로 생계를 해결하려는 사람들이 많다. 잘 생각해 보면, 한창 일을 해고 자신의 역량을 계발해야 하는 때에 일을 안 하는 것이 마냥 좋은 것은 아니다. 일을 하는 목적이 꼭 '생계'에만 있는 것이 아니기 때문이다. 사람은 일을 함으로써 성장한다. 단지, 돈을 벌기 위한 이유로 일을 한다면 100세 인생이 허무하지 않겠는가?

작은 브랜드를 만드는 것은 생계를 떠나 자신을 성장시키는 일이다. 하나의 브랜드를 만들어 가다 보면 예기치 못한 어려움도 만난다. 냉탕과 온탕을 수시로 들락날락할지도 모른다. 그 속에서 더욱 단단하게 다져진 자신도 만들어진다.

세컨드 라이프를 준비하고 있다면, 나만의 작은 브랜드를 만들어 보자. 내가 성장하는 만큼 나의 브랜드도 자리를 잡아가는 모습을 보다 보면 어느새 나는 멋진 인생 중반의 주인공이 되어 있을 것이다.

"정답 없는 세상, 지혜를 찾아서"

불안의 시대다. 아무리 AI가 발달한다고 해도 인간이 가지는 문제의 해결책은 제시해 줄 수 없다. 단순한 정보로 해결할 수 있는 것이 아니라, 지혜가 필요하기 때문이다. 지혜는 이론만으로 배울 수 있는 것이 아니다. 그것을 직접 경험해 보고 몸으로 느껴봐야 비로소 알 수 있다. 머릿속으로 알고 있던 지식이 경험을 통해 승화되면서 나온다. 따라서 지혜를 통해 얻을 수 있는 답은 AI에 아무리 물어봐도 원하는 답을 찾을 수 없다.

우리는 살면서 많은 문제에 직면한다. 내가 아무리 피하려고 노력해도 안 된다. 삶에서 주어지는 문제는 늘 있다. 현명하게 대처하며 앞으로 나아갈 수밖에 없다. 그런 방법의 하나가 나보다 조금 앞서간 사람들의 조언을 듣는 것이다. 선 경험을 해 봤다는 것은 똑같은 문제를 고민하며 결정하고, 경험을 통해 얻은 지혜가 있다는 뜻이다.

그러나 아무리 똑같은 문제라 할지라도, 개인에게 꼭 맞는 답을 주긴 어렵다. 사람마다 다른 배경이 있고, 상황이 다르기 때문이다. 그런데도 그 나이 때에 맞게 보편적으로 느끼는 어려움은 비슷하다. 일반적으로 느끼는 고민에 대해 다양한 사람들의 사례를 듣다 보면 나에게 맞는 답을 찾아갈 수 있다.

우리는 살면서 학교에서 배운 지식보다, 세상에서 알아야 하는 것들이 더 많다는 걸 깨닫게 된다. 단순한 교과서적인 지식이 아닌, 다양한 요소가 복합적으로 얽혀 깊은 생각으로 풀어 갈 수 있는 문제가 많기 때문이다.

한 사람이 가진 강점이 또 다른 분야에 적용될 수 있는 것도 아니다. 직장 생활에는 문제가 없지만, 가정에서 관계로 힘들어하는 분들도 있다. 반대로 자신만의 커리어는 잘 만들어 가지만, 사회생활이 어려울 수 있다. 이렇게 다양한 분야를 동시에 겪으면서 무탈하게 지내는 것이 삶이 아닐까 한다. 문제가 생길 때마다 각 분야의 전문가를 찾아가 답답한 마음을 호소하면 삶이 나아질까? 그러기엔 시간이나 경제적 여유가 부족하다. 내가 모든 분야에서 일정 이상의 전문성을 갖출 데까지 공부하여 배우며 알아가는 것도 한계가 있다.

그래서 이 책은 그분들을 위해 공저로 기획했다. 다섯 명의 공동 저자 모두 각자의 분야에서 경험을 토대로, 강의나 상담을 통해 얻은 인사이트를 나누기 위함이다. 단순한 이론적 지식을 전달하는 것이 아니라, 선 경험자로 깨닫게 된 지혜에 더 중점을 두었다. 독자분이 이 책을 읽고, 스스로 답을 찾아가는데 가이드라인이 될 수 있도록 열린 방향성을 제시했다.

책의 마지막 장을 읽고, 환한 미소가 머금기를 바란다. 한 분이라도 고민은 거두고, 더 밝은 마음으로 살아갈 수 있다면 이 책이 세상에 나온 가치는 충분하다. 마지막으로 독자분들의 삶에 희망과 사랑이 가득해지길 기원합니다.

2024년 7월
우희경